中国散文 60 强

不亦乐乎二十四

流沙河 / 著

北京联合出版公司
Beijing United Publishing Co.,Ltd.

图书在版编目（CIP）数据

不亦乐乎二十四 / 流沙河著. -- 北京 ： 北京联合
出版公司，2024. 8. --（中国散文60强）. -- ISBN
978-7-5596-7822-5

Ⅰ. I267

中国国家版本馆CIP数据核字第2024T67M16号

不亦乐乎二十四

作　　者：流沙河
编　　选：吴茂华
出 品 人：赵红仕
出版监制：张晓冬
责任编辑：高霁月
特约编辑：和庚方　张　颖
封面设计：立丰天

北京联合出版公司出版
（北京市西城区德外大街83号楼9层　100088）
三河市同力彩印有限公司印刷　新华书店经销
字数150千字　650毫米×920毫米　1/16　14印张
2024年8月第1版　2024年8月第1次印刷
ISBN 978-7-5596-7822-5
定价：65.00元

"中国散文 60 强"丛书

编委会

丛书总策划

　　张　明　　著名出版人

编委主任

　　邱华栋　　全国政协常委

　　　　　　　中国作家协会副主席、书记处书记

编　委

　　叶　梅　　中国散文学会会长

　　陆春祥　　中国散文学会副会长

　　冯秋子　　中国作家协会原社联部副主任

　　吴佳骏　　《红岩》编辑部主任

　　张　英　　资深媒体人

　　文　欢　　作家、资深编辑

中华散文的文脉与发展

——"中国散文 60 强"总序

邱华栋

中国是诗的国度，亦是散文的国度。

穿越千年时空，从明清至唐宋，再由魏晋南北朝至两汉先秦一路回溯，汉语言文学中的散文实乃根深叶茂，硕果累累。无论是"唐宋八大家"之雄文美文，还是骈俪多姿的辞赋，以及名垂史册的《史记》《左传》，均为中国文学史上的璀璨明珠。"散文"与"诗"一道，成为中国文学的"嫡系"。尽管，后来从西方引进嫁接技术所催生的"小说"，大有"喧宾夺主"之势，终究还得"认祖归宗"，血脉和基因是无法改变的。

在中国散文流变历程中，曾出现过两次鼎盛期。一次是被文学史家所公认的"先秦散文"时期。其时，伴随着春秋时期的思想解放，诸子蜂起，百家争鸣，一大批散文家以饱满的气血、驳杂的学识和破茧的精神，创造出了散文的繁荣和辉煌局面，对后世产生了极大的影响。

到了"五四"时期，中国散文迎来了第二次鼎盛期。白话文如劲风激浪，吹刮和涤荡着神州大地。沉睡的雄狮醒来了，偃卧的小草开始歌唱。许多学贯中西的进步文人，肩扛文化变革的大纛，冲锋陷阵，掀起了一波又一波的新文学浪潮。《新青年》上刊载的散文，犹如一束束亮光，不但给人以希望，还给人以力量。"五四"以来的散文作品，无论是观念和主题，还是形式和风格，都跟以往的散文迥然不同。最具代表性的，当属鲁迅先生的散文（包括杂文），其刚健、凌厉的文质，疗救了中国散文长久以来颓靡不振、钙质疏流的顽疾。此外，周作人、郁达夫、朱自清、萧红、沈从文等一大批作家的散文创作亦各具特色，呈一时之盛，影响深远。

时代的前行催生了文学的发展，然而文学与时代有时并不同步甚至充满了"张力场"。"五四"的个性解放虽然催生了一批个性鲜明的散文精品，但这样的生态并未持续多久，中国散文的波峰出现了向低谷滑行的趋势。有论者指出，"散文在 50 年代既是对解放区散文文体意识的放大，又是对五四散文文体精神的进一步偏离。这种放大和偏离表现在个体性情的抒发让位于时代共性或者时代精神的谱写，政治标准优先于艺术标准，批判性为歌颂性所取代等诸方面。"（董健、丁帆、王彬彬《中国当代文学史新稿》）1960 年代初，散文创作一度出现了活跃，"专业"从事散文创作的作家群凸显出来，刘白羽、杨朔、秦牧相继登场，迅速成为散文界的三位名家。但他们的作品后人评价褒贬不一，认为其中颂歌式的写法较为单向，这种模式化的写作，不但对散文的建设毫无益处，反而扼杀了散文的个性和神采。

"文革"十年，中国散文更是一片凋零和荒芜，乏善可陈。1970 年代末，一些历经浩劫的作家开始疗血，解除思想枷锁，重新拿起笔来写作，中国散文才又凤凰涅槃，焕发生机。加之各种文学刊物纷纷复刊和创刊，以及大量西方文化读物的译介出版，更为这些饥渴、桎梏太久的散文作者提供了登台亮相的舞台和瞭望世界的窗口。

1980 年代初期，伴随改革开放的热潮，思想解放大旗招展，文化随之繁荣，诸多承续"五四"精神的作家以笔为旗，抒发胸中压抑既久之块垒，出现了一批抒情性质浓郁的散文，使得现代散文这块"百花园"芳菲争艳，蔚为大观。特别是 1980 年代中期，随着作家主体意识的不断强化，中国文学开始呈现出一个崭新局面，作家从"集体意识"中抽身而出，重新返回"个体"，注重对生活的体察和内在情感的表达。这一时期，散文的艺术性得以强化，文本的精神内涵和表现空间得以拓展。

进入 1990 年代，社会发展日新月异，城镇化进程锐不可当，文化领域亦呈多元格局。各种文学思潮相互碰撞，人文精神的讨论更是打开了作家们的创作思路。"大散文"概念的提出，引发了散文界对散文的内涵和外延的重新讨论和界定。风靡一时的"文化散文"热，成为文坛上一道靓丽的风景。"新散文""原散文""后散文""在场散文"等散文流派"你方唱罢我登场"，争奇斗艳，各领风骚。

及至二十世纪末，一批深具先锋意识和文体自觉的新锐作家，像一头公牛闯入瓷器店，使散文天地发生了激烈的碰撞和变化，形成一股新的散文潮流，提升了散文的审美品质和精神向度。

纵观 1978 年至 2023 年四十多年来，中华大地在"改开"的黄金时代中，社会生活奔涌激荡，各种思潮风起云涌，散文创作更是云蒸霞蔚、气象万千，涌现了众多成就斐然、风格各异的散文作家和具有思想深度、艺术上乘的散文作品。岁月的流水冲走了枯枝败叶和闲花野草，中流砥柱却巍然屹立。时间留住了新时代的散文经典，经典在时间的长河中绽放光芒。以沙里淘金的经典散文向"改开"的时代致敬，是我们不可推卸的责任和义务。

别看散文的门槛貌似很低，要真正写好，却实属不易。优质散文是有难度的写作，它不但需要作者的智识、胸襟、眼界、修养和气度格局；更需要写作者的态度、立场、慈悲、良知和批判勇气。遗憾的是，散文创作繁荣和光鲜的另一面，却是大量平庸甚至低劣之作的泛滥，不但败坏了读者的胃口，而且造成了物质和精神的极大浪费。散文作家层出不穷，散文作品汗牛充栋，可真正能让人记住的散文佳构却凤毛麟角。

散文要发展，文学要前行。发展和前行就要从平庸的樊篱中突围。在突围的过程中，散文作家不可太"聪明"，不可太世故，要永存对文学的敬畏之心。一言以蔽之，散文的尊严来自散文作家的尊严。也可以说，要想散文繁荣，首先需要有一批人格健全，品德高尚，铁肩担道义的散文作家。什么样的人写什么样的文章。特别是写散文，最容易看出一个作家的内在品质和境界涵养。一个人格不健全的人，哪怕他作文的技法再高妙，也很难写出撼人心魄、抚慰灵魂的散文来。作家精神品质的高低，直接决定其作品的精神向度。

为了散文写作的突围和发展，为了建设独具特质的当代散文，也是为了更好地从经典散文中汲取营养，我认为有必要正视和重申一些常识性的思考。高头讲章的理论是灰色的，常识之树却葳蕤常青。

一、作家的个体精神决定散文的优劣。常言道，散文易学而难攻。难在什么地方，不是难在技巧，而是难在作家个体精神的淬炼上。倘若作家的个体精神不够丰富，不够深刻，不够清澈，纵使他手里握着一支生花妙笔，也写不出令人称赞的散文。那么，如何才能做到个体精神的丰富性呢，这就要求作家时时刻刻不背离生活，要知人情冷暖，体察人间百态，关心民瘼，有忧患意识，不要做生存的旁观者。一个冷漠甚至冷酷的人，是不适合从事散文创作的。

二、真诚是确保散文品质的基石。散文创作跟作家的生存经验息息相关，可以说，真正优质的散文，无不牵连着作家的血肉和心性。作家的喜怒哀乐，悲欢离合，都或隐或显地暗含在他的作品中。假如在一篇散文作品中，读者既看不到作者的体温，又看不到作者的态度，那这篇作品或许就是失败的。说明这个作者在他的作品中"说谎"或"造假"，缺乏真诚之心。作家一旦失去真诚，为文必定矫揉造作，作品也必定会失去生命力。因此，真诚是散文的"生命线"，也是"底线"。

三、个性是促进散文生长的养料。人无个性便无趣，文无个性便平质。当下，每年都会诞生数以万计的散文篇章，但能够让人记住，且读后还想读的作品并不多，何故？概在于这些数量庞大的散文，无论题材，还是语感都千篇一律，像是从"模具"中生产出来的，缺乏辨识度。散文要发展，必须要求作家具有"个性意识"。"个性意识"不是标新立异，更不是哗众取宠，而是一种"创新意识"和"审美意识"。但凡在散文创作方面被公认的那些大家，都是"文体家"，他们以自觉的写作实践，开创了散文写作的新路径。不合流俗方能独步致远，推动散文的建设和繁荣。

当然，以上几点并非创作散文的圭臬，谁也没有资格去为散文"立法"。

散文是自由的创造，散文精神即自由精神。我之所以提出来，仅仅是希望引起散文同行们的重视和参考，共同为中国当代散文的发展尽力增光。

我们策划、编选"中国散文60强"（1978—2023）的初衷，旨在对新时期以来的中国散文创作作出梳理、评价和选择，试图精选出风格各异的代表性散文作家，以每位一部单行本的形式，呈现出中国新时期优质散文的大体样貌。此项目的发起人为资深出版人张明先生。多年来，他一直追求做高品位的纯文学书籍，也曾连续多年与中国散文学会、中国小说学会合作，出版年度《中国散文排行榜》和年度《中国小说排行榜》。2023年他策划出版了《中国小说100强》，反响不俗。身处喧嚣、纷杂的环境，能以如此情怀和心力来为文学做如此浩大的工程，不能不令人钦佩！

感谢张明先生邀请我和叶梅、冯秋子、陆春祥、吴佳骏、张英、文欢组成编委会，共同遴选出60位作家。我们在召开筹备会的时候，即将作品的思想性、艺术性、代表性以及影响力作为编选的基本原则。在确定入选作家名单时，我们认真商讨，反复研究，生怕因为各自的眼力、审美和趣味之别，造成遗珠之憾。好在我们的工作得到了作家们的积极回应和鼎力支持，惠风和畅，大地丰饶。

60位入选的作家，既有令人尊敬的文学大家，如孙犁、张中行、汪曾祺、史铁生、邵燕祥、流沙河、刘烨园、宗璞、贾平凹、韩少功、张炜、梁晓声、阿来、冯骥才等。这批散文大家的作品，文风质朴、清朗、刚健，充满了"智性"和"诗性"。无论他们是写怀人之作，还是针砭时弊，歌咏风物，都有着鲜明的文化立场和审美取向。他们或出入历史，借古观今；或提炼人生，洞明世事，输送给读者的都是难能可贵的"精神营养"。

也有被散文界公认的名家，如李敬泽、王充闾、马丽华、周涛、冯秋子、叶梅、筱敏、张锐锋、周晓枫、于坚、鲍尔吉·原野等。这些作家的散文作品，特色鲜明，风格独特，诚挚内敛，从内容到形式，都作出了各自的探索和尝试，为当代散文注入了活力。从他们的作品中，我们不但能够领略汉语之美，更可以借此反观生活与存在，寻找人之为人的价值和尊严。

还有散文界的中坚力量和青年才俊，如彭程、谢宗玉、江子、雷平阳、任林举、塞壬、沈念、傅菲、吴佳骏、周华诚等。从他们的作品中，我们见到的，不只是中国散文的文脉传承，更是自由精神的张扬。他们文心雅正，笔力锋锐，不跟风，不盲从，始终保持着独立的思索和判断，在各自所开辟的散文园地中精耕细作，以崭新的姿态参与和推动当代散文的变革。

其实，细心的读者不难发现，入选本丛书的老、中、青三代作家都有个共性，即他们均在以自己的作品审视心灵，心系苍生，弘扬真善美，鞭挞假恶丑，充满了正义感和人道主义精神。这自然与时下众多书写风花雪月，一己悲欢，充塞小情趣、小可爱的散文区别开来。正是因为有他们的存在，中国当代散文才呈现出一幅绚丽多姿的长卷。

需要说明的是，有些重要的散文家，如张承志、余秋雨、王小波、苇岸、刘亮程、李娟等人，由于版权或其他不可抗原因，未能将他们的作品收录进来，我们深以为憾。

我们还要感谢北京立丰天文化传播有限公司的资金支持，感谢北京联合出版公司的精心编校，他们慷慨和无私的义举，对于繁荣中国当代散文创作、对于赓续中华优秀散文文脉、对于中国新时期的文化积累，均具重大价值和意义，可谓善莫大焉。这套丛书的出版意义将同《中国小说100强》一样，旨在给读者以经典的指引，这既是一项重要的原创文学工程，同时也是助力推动全民阅读和研究传播文化的公益工程。

郁郁乎文哉，中国散文有幸！

是为序。

2024 年 5 月 12 日星期日

（作者为全国政协常委，中国作协副主席、书记处书记）

目 录
Contents

自由批评与严肃交流

自由的探索来得不容易。尽管在五十年代初期，我们的第一部宪法已经给了文艺各种自由，包括探索自由。但是众所周知，这个自由从来没有充分地在我们国家的政治生活、文化生活、社会生活中实现，而且情况越来越不妙。经过千辛万苦，中国老百姓吃够了苦，中国知识分子吃够了苦，我们今天才有了自由讨论的权利，这一点我感到了幸福。

哪怕我们有了自由的探索，但是也要知道，自由本身不能当饭吃。自由只是给我们一个局面，给我们一个权利，并不足以给我们带来文学的繁荣，而且自由也有可能滥用。光有自由还不行，自由的探讨还必须同严肃的交流相结合，这样才有前途。为什么我要用"交流"两个字？我不愿用"交锋"两个字，也不愿意用"理论战线"这类词。所谓交流，就是异中有同，同中有异，彼此除开互相批评，还得有互相汲取的可能性。

我们今天这种状况，自由的讨论基本上有了，严肃的交流还远远不够。我们的许多批评文章一味地捧场，看了叫人发麻。而且风气还不正，有些人专门去请别人捧他。都说好，少说坏，不说坏。你还不能去批评。你认真批评，麻烦就会来了，他就要跳起八丈高，背后骂你，而且采取其他的方式对付你。这类事情实在是太多了，我们今天的批评根本上是无力的。我敢说一句话，我们的批评其尖锐程度远远不如台湾诗坛。但我们的批评就是在不尖锐的情况下，也经常引起轩然大波，这是什么原因呢？这就是我们真正的严肃的交流还没有实现。

我认为一切批评文章本身不能算棍子。哪怕这篇文章批评得极其过火，语言极其尖刻，如果文章的背后没有其他的东西，如果文章就是白纸印黑字，背后再没有行政或者组织措施，再没有其他的压力，我认为它不是棍子，而且不可怕。怕的是有一些看来没有火气的文章，但是背后有来头，有某种背景，那就很厉害。这个现象值得我们重视和深思，值得我们每个人回味。

1986 年 11 月中国作协理事会上发言

莺迁乔木之后

　　现代中国文学当然应该有多面的地方色彩，不然如何构成其丰富性呢？这个地方色彩中的"地方"，在概念上，绝不等于行政区域。举例说，云南省的文学和贵州省的文学，在现状上，两相比较，容有某些不同。这些不同乃是现状上的不同，而不是实质上的不同。作为文学来说，云南省的也好，贵州省的也好，都归属于现代中国文学。它们各自的地方色彩，如果真有，恐怕也不容易互相区别，也没有必要去条分缕析地加以区别。

　　世界上有中国文学、日本文学、印度文学、法国文学、英国文学等等，却没有一种文学可以被称为云南文学或贵州文学或四川文学或……

　　要求四川省的文学作品要有"川味"，正如要求云南省的文学作品和贵州省的文学作品要有"滇味"和"黔味"一样，亦仅就作品的取材而言，希望作家多取材于本省罢了。这个希望没有什么不对。作家取了川材，作品自然便有"川味"，如李劼人的《死水微澜》《暴风雨前》《大波》，如巴金的《家》，以及其他等等。但是作家也可以不取川材，那样的作品便很难有"川味"了，如郭沫若的话剧和诗，如何其芳的诗，如巴金的《爱情的三部曲》，以及其他等等。以上两类，有"川味"的和无"川味"的，都是辉煌照世之作，都好。可见还有一个比要求有"川味"或"滇味"或"黔味"或"藏味"更重要的要求，那就是要求文学作品要有中国味。省域意识也许是一种落后的意识。作家，无论是哪一省的，都应该具有现代化中国意识。他应该常常想到，站在他面前的读者是中国人，是现代的中国人和未来的中国人。他没有必要去过问他们是哪一省的人，若无特殊原因的话。

一般而言，读者在阅读文学作品的时候，是不会有省域意识的。他不会因为自己是四川人，所以就去读四川省的文学作品，而不去读别省的文学作品；他也不会因为自己不是四川人，所以就不去读四川省的文学作品，而只去读本省的文学作品。读者是自由的，谁也管不了他。他在阅读文学作品的时候，岂但丧失了省域意识，而且丧失了国界意识——这是指当他在读外国小说或看外国影片的时候。

这几年来，各省的文学月刊纷纷改名字，改掉原有的省名，如《四川文学》改为《现代作家》。例子太多，不胜枚举。改名字虽然是小事一桩，却也反映了文学观念的演变——文学毕竟是"人学"而不是"方志"。各省的文学月刊打破省界，大家都去"面向全国"，有利于形成互相竞赛的局面，共同促进中国文学的繁荣。此举也许还有反对坐井观天的意义呢！

《边疆文艺》改为《大西南文学》，也是小事一桩，同《四川文学》改为《现代作家》一样。我却希望莺迁乔木之后，能够唱出更悦耳的歌来，且让三江五岳都能听到，使此举的象征意义带来实际效益。

照我的理解，这个新名字的意思是"中国文学·在大西南地区的"而不是"属于大西南地区的文学"。这样去理解，或不至于画地为牢，自我束缚，而更便于放手大干吧。书生之论，多不免抠字眼，而于事又无补。敬请读者原谅。

1985 年大西南作家座谈会上发言

中国作家与诺奖病

听说还在讨论中国作家与诺贝尔文学奖的问题，我便想起七八年前中国诗人（人数不详）联名要求诺贝尔文学奖授给前辈某老一事，当时鄙人心有疑惑存焉。是不是认为诺贝尔文学奖的那十七个评委（其中有五个怪老头是常委）看见了长长的轿夫名单就会吓昏，赶快猛回头，给我们授来？你以为那些怪老头同我们一样害怕"联名信"吗？是不是认为诺贝尔甘露理应普降，我们一回也未尝过，所以这回非沾一滴不可？你以为炸药大王的钱也像我们机关的奖金，见人发一份吗？

诺贝尔文学奖恐怕是授给某个作家本人的，而不是授给某国全体作家的吧？若有我国老前辈得奖了，那是他写得好，他个人的荣誉。他写得好，不等于我们这些瘟猪仔大有长进。他荣誉了，不等于我们这些老霉娃都有脸了。文学创作既然仍是个体劳动，那么，他灿烂了我们借不了他的光，他晦暗了我们负不了他的责。无一中国作家得奖，非我之惰也。有某前辈作家得奖，非我之力也。无论哪国作家得奖，我只想读一读他的作品，看他是否实至名归，而无兴趣关心他的国籍和种族。中华民族振兴不振兴，与得不得诺贝尔文学奖没有关系。

我说没有关系。你说有，那去争取吧。不过须知诺贝尔文学奖不是钢铁煤炭，订几个五年计划就能拿到，也不是攻坚战役，来一套战略部署就能打下，你能怎样争取？赶鸭子上架？抱阿斗登极？

如果一旦破了天荒，某个中国前卫作家或非主流作家甚至或境外某个作家竟然得奖，我们受得了吗？正统的主流作家不会骂葡萄酸吗？考虑到这种"危险"的存在，为你的心态平衡着想，恐怕还是不争取为妙吧？

但愿中国作家自尊自重，勿去害诺奖病，整日的单相思，枉自旁骛情怀，更勿去揪住怪老头们的衣领，对此质问："鬼子都给了，黑人都给了，为何不给咱们中国作家？"果真如此，那就太给中华民族丢脸了。

凡像样的作家皆宜看淡荣辱，羞问得失，还须各自努力研习文学业务才是。怨尤是无用的。敲门是可笑的。这些年来该读的书堆成山了。与其耗费心力在这些琐屑上，倒不如各自散去吧，多读几本书，两眼盯住周围的生活，心头想着下层的百姓，自励自强，写好自己的作品。

1995 年 7 月 28 日赤裸挥汗

画中现实梦中景

　　一切艺术，总要真中见幻才好。所谓反映生活如果只像镜子那样照出来就是，谁还去看呢。真中见幻，引读者入另一片既熟悉又陌生的天地，感到一种不可名状的喜悦，我从朱常棣的画中领略到了。能为他个人画展写几句感想，可以说是喜悦之外的又一喜悦。

　　朱常棣的画，既有传统的笔趣与墨趣，又有现代的构思与构图，古今结合，推陈出新，方向是正确的。不过，如果只有这个长处，读者是不会感到满足的。艺术毕竟是以其独特性征服读者的。朱常棣的艺术独特性，据我看表现在醇酽的四川乡土味里。读他的画，往往引出我的一段记忆，仿佛我曾见过此景似的，其实并未到过那里。真中见幻之后，又视幻为真了，不正是这样吗？

　　朱常棣是山城重庆人，巴山风情和嘉陵水色哺育了他的童年。他的画也是他心灵的历史，所以带着乡情。如果读者从他的画中找到了自己的记忆，那么他的乡情便具有爱祖国河山的层次了。

1986 年春

彩　梦

美国人说电影是 silver dream，译为银梦。现在，黑白片的时代已经过去，应该说是彩梦了。电影似梦一般，"来如春梦不多时"（白居易），九十分钟便可做完一场。梦有什么不好呢？《红楼梦》不是也叫"梦"吗？

当然，说"浮生若梦"（李白），说"人间如梦"（苏轼），说"世事一场大梦"（辛弃疾），都是逃避现实的消极之谈，不可取。现实，实实在在，哪能是梦！

电影艺术与其他的艺术一样的是现实的反映。什么叫反映呢？对镜照影就叫反映。镜影是虚像。电影也应该是虚得如影一般，幻得如梦一般。只是这个虚虚幻幻之中又非有实实在在不可，不然还叫什么"现实的反映"呢？

年轻的时候，我也是影迷。四十年代昆仑公司拍的几部，如《一江春水向东流》《乌鸦与麻雀》，都是佳片，很迷人的。四十年代看过的有些影片，如前苏联的《夏伯阳》《乡村女教师》《斯维尔德洛夫》，如美国的《居里夫人》和印度的《两亩地》，都很好。当时的国产片稍差些，后来更差了，言之痛心。党的十一届三中全会以来，中国电影艺术复兴，佳片陆续问世。可惜我已年将半百，不再是影迷，看得很少，不好妄评。

也许是人生经验较多了吧，头脑较冷了吧，我现在只爱看真实的影片。用宝贵的时间去看某些假眉假眼的影片，如同受罪一般。我倒愿意去看新闻纪录片，因为看了总能有所得益，不会浪费光阴。我不敢要求别人的口味都同我一样，那样的要求太霸道了。

我知道，影迷几乎都是年轻人，正如诗迷几乎都是年轻人一样。年轻人富有浪漫主义气质，爱幻想，爱奇想，不喜平庸的真实，同我年轻时差不多。我希望多出一些既现实又浪漫的影片。我希望今日的彩梦更真切，更雅趣，更美丽。我希望现实主义长上翅膀，飞起来，不要爬行。

1982 年春

有诗耶？无诗耶？

——读画致王伟兄

　　如晤。多年共一城，却难得见面。庄周说得好："鱼相忘于江湖，人相忘于道术。"你是画画的，我是弄诗的，道术不同，各有一片水域，纵无相忘之意，也很难不相忘。话虽然这样说，我还得感谢你不相忘。第一次是前三年我的《诗中有画》二十八篇短文连载在《成都晚报》，蒙你鼓励，叫我交给你，你拿去出版。我嫌太薄，未敢从命。后来附入我的《十二象》一书内，交给北京三联书店出版去了。第二次是前不久蒙你信任，叫我读你的画，你愿听听我的意见。你大概也相信"诗中有画，画中有诗"的说法，所以才问道于弄诗的。其实吾蜀坡公仅仅是就君家老维之诗之画而言罢了，并未引申开来，说一切诗中皆有画，一切画中皆有诗。后人认为他的这个说法可以用来横向探索艺术原理，所以广为引用，见好诗便说"有画"，见好画便说"有诗"。旁人听了，惚兮恍兮，果然似有。问有在何处呢，又很难说清楚。

　　诗与画，本来嘛，按照莱辛《拉奥孔》的说法，一个是时间艺术，一个是空间艺术，其间并无一条陈仓暗道可渡。也就是说，诗中无画，画中无诗。这个说法，非常权威，至少在西洋曾经是那样。在中国怎样？我看未必。中国最早的画家，也同西洋的一样，来自画匠，功夫全属手艺，追求的是形似。唐代以降，成熟的意象论逾越诗篇，侵入画幅，遂风行文人画，追求的是意境，是象外象。断断求形似，"见与儿童邻"，为那些亦诗亦画的文人所不取。他们看重心艺，不太看重手艺。这同西洋大不一样。西洋画的传统可以远溯古希腊的雕刻艺术，所以崇尚准确，要求生动，不必"有诗"。中国画的传统，也讲准确，也讲生动，但由于意象论的侵入，更爱讲意境，更爱讲象外象，所以"有诗"。苏轼不但说过王维"画中有诗"，还说过"韩干丹青"也是"不语诗"呢。在中国，诗与画之间的陈仓暗道就是意象论。见好画，说"有诗"，亦自有其道理，未可目为瞽说。至于见好诗，说"有画"，亦就意象鲜明而言，也是说得通的。

西洋虽然没有所谓的文人画，没有古典的意象论，但是西洋画家也很讲究境，也很讲究象。境，在他们，是物境。何谓物境？清代工笔画家邹一桂说："西洋人善勾股法，故其绘画于阴阳远近，不差锱黍，所画人、物、屋、树，皆有日影。其所用颜色与笔，与中华绝异。布景由阔而狭，以三角量之。画宫室于墙壁，令人几欲走进。"邹一桂的惊讶，表明当时中国画家对物境的陌生。境，在我们，是意境。何谓意境？就是画家的心境的投射。它是表现，不是反映。至于象，在西洋画家，是形象。何谓形象？就是物象的再现。形象求真，真中寓美。在我们，象是象外象。何谓象外象？"见山不是山，见水不是水"，而是山水形象之外，可以灵视而不可以目睹的寄兴。明代画家沈周说："山水之胜，得之目，寓诸心，而形于笔墨之间者，无非兴而已矣。"象外象求善（理想），善中寓美。我在这里比较中西传统，意在说明莱辛《拉奥孔》的说法管不了中国的文人画。中国的文人画，天地本来就窄，文人又太看重寄兴，不很重视技法，所以后来出现诸多弊病。但是，毕竟"画中有诗"。西洋的传统画，多从人事取材，少从自然取材，求准确则囿于物境之实，求生动则拘于形象之真，当然不易做到"画中有诗"。不过我敢说："画中有小说，有戏剧。"而这些又正是中国的文人画所没有的。可见别人亦自有其长处，值得我们效法。特别是西洋传统的油画，气魄之磅礴，感情之热烈，思想之深刻，远不是中国的传统画所能追及的。至于现代西方绘画，流别庞杂，非我所知，不敢置喙。听说也有讲意境的，讲"大象无形"也就是象外象的，谈禅的，还有"洋八大山人"。莱辛《拉奥孔》的说法恐怕也管不了他们的画。这些方面，伟兄你比我清楚。现在我站在画苑外，试从"画中有诗"着眼，说说你的这些水墨画吧。

我爱读书，所以一眼看上《寒窗》，觉得非常有趣。画幅左下角三窗，二关一开，有人夜读窗内。这便是所谓的寒窗了。寒窗夜读，应有物境，你却几乎不画。要画夜读的物境，你就得持纸捏笔，偷偷走近窗口，细画窗扉窗框窗棂，画月光的投射，明暗光影都必须画出来。然后画那读书人的细部，眼睛啦颜面啦衣着啦，当然还要画出室内陈设，灯啦桌啦椅啦，壁上贴一点什么啦，种种。其事甚烦，不是我这外行说得清的。夜读的物境，你为什么不去反映出来，倒去画不相干的屋瓦和屋甍？

假设有人发言："王伟的兴趣止于画瓦甍，所以满纸都是屋瓦和屋甍。留一角画读书，意在附添一点思想而已。你看不出他用心之所在，所以才问他为什么不去反映夜读的物境。真要画寒窗，反映夜读的物境，他就必须另画一幅《寒窗》，而不是这幅了。"你该怎样回答他呢？

我当然不是要你去反映夜读的物境。我追问你，其实是在问我自己。我想弄明白屋瓦和屋甍与夜读之间的关系，所以先认定屋瓦和屋甍与夜读不相干，然后再看这个认定是否站得稳当。我在心理视域内遮蔽了左下角的寒窗夜读，再看画面景物，仍然觉得有趣，感受到艺术给我的喜悦。说得细致些吧，登高俯视一大片屋瓦和屋甍，使我心喜；屋瓦和屋甍显示出井然有序，使我目悦。假设的那人也许说得对，你的兴趣止于画瓦甍吧？

这幅瓦甍图给我的喜悦也就止于此了。画面景物固然有趣，毕竟没有超出物境范围，只是因为平常不易见到，登高乍见，觉得印象新鲜罢了。你给读者看的景物，主要是屋瓦和屋甍的形象，亦即物象的再现。在再现的艺术创作过程中，你反映得多，表现得少——表现了登高俯视者（也就是你自己）喜悦的情怀。这样也算很不错了，对一个粗心的读者说来。

幸好我心细。从画幅的上方到下方，从画面的远处到近处，我逼视家家户户的窗，灯光明亮，估计里面不是在打麻将，就是在看电视，不"寒"。最后读到画幅的左下角，亦即画面的最近处，那窗，灯光比谁家的都暗弱，里面有人夜读，真是寒窗，寒伧的窗！我心里说："伟兄，读书人感谢你。你的心好！"我想看清楚那读书人的相貌，的表情，的衣着，的书，的灯，因为我关心他。不，也许他就是我，白日劳动夜读书，十年前的我。可是你太吝啬，不许我看清楚。你一掌推我远远的，如英国人常说的"保持你的距离"那样，叫我雾里看花。看不清楚，也有好处，我可以想，用我十年前的体验去想。想那读书人，读得正来劲，神思飞翔，"坐驰可以役万景"。我站得远远的望了好一会，然后收回目光，纵观全画。就在这时候，嘿，奇迹出现了！

画面景物忽然改观，变得非常有趣。我觉得自己不再是登高俯视井然有序的屋瓦和屋甍，而是飞翔凌空，鸟瞰瓦涛甍浪在月光下起伏滚动，涌向远方。画面景物本来很实，并未超出物境范围，现在实中见虚，显示出意境来。我觉得自己的精神升了级，跃入了王国维先生《人间词话》所发明的那个意境，又曰境界。我的喜悦也似乎升了级，那喜不仅是登高俯视带来的心喜，那悦不仅是井然有序造成的目悦。那喜悦，寒窗内读书人最了解，画《寒窗》的你最了解，那是神思飞翔的灵魂自由的喜悦。可惜这喜悦只在一瞬间，粗心的读者很难体会到。古人说的"见山不是山，见水不是水"，正如我见瓦不是瓦，见甍不是甍，也只在一瞬间啊。

瓦甍变成瓦涛甍浪，这个奇迹能够出现，全靠那读书人。在画面上，他的位置最偏僻了。可是他，四两拨动千斤，使那一片瓦涛甍浪在月光下起伏滚动，使细心的读者获享灵魂飞翔之乐。占九成画幅的屋瓦和屋甍，在画面上，构成意境，而以读书人为核心。没有他，《寒窗》就会降格为瓦甍图，诗趣大损。

反过来说，剪掉占九成画幅的屋瓦和屋甍，剪掉月亮，剪掉树，只留画幅左下角的三窗，加以放大，然后画读书人的细部，眼睛啦颜面啦衣着啦，然后画室内的物境，陈设啦壁贴啦灯啦书啦，种种，那么可以肯定，诗趣同样会被大损。纵然画得很好，《寒窗》中也只有一个故事，不会有一首诗。你不刻画读书人的形象，不反映夜读的物境，是由于你缺乏讲故事的兴趣。夜读之为事，瓦甍之为物，彼此本来不相干。你把这不相干的一事与一物对应起来，构成诗之意境，正如君家老维所追求的那样，使"画中有诗"了。

《春雨从屋檐滴下来》也画了读书人，一个农家女子。你悬停在农家小院上空，看见她坐在檐下低头读书。小院一株高树，春来叶舒嫩黄，密密匝匝，将成阴矣。你选择了一个便于观察的角度，从小院上空，从枝丫间隙，满怀慈爱地俯看她。你的慈爱是父辈对侄辈的慈爱，化作一天春雨，从屋檐滴下去。满纸春叶的嫩黄，在画面上，不用说都知道是为了构成诗之意境而存在的。她居画幅中心，又有嫩黄绕护，所以诗意明白，已近解说，而少暗示，遂降低了欣赏中的发现之乐。从诗的角度看，这是缺点；从画的角度看，显得布局紧凑，又该是优点了。可见诗与画，虽然能互"有"，要求却不同。诗是一个过程，时间艺术，可以依次发牌；画是一个场面，空间艺术，必须一次摊牌。这幅春日读书图使我想起一幅《秋夜读书图》，工笔，忘其作者姓名，记得是明代的。画面近处横列几株乔木，意态萧疏，稍远处横列一排平房，一室内有人在灯下读书。我至今还记得这些景物，是因为我恍惚听见了画面上的秋声，而且"声在树间"，使我猜想那人正在诵读欧阳修《秋声赋》。这样的象外象，妙极。你这幅春日读书图，求其象外象，似乎也能听见春雨的檐滴声。奈何这声音唤不起联想，只是滴滴答答罢了。

追求诗之意境，你的画中随处可见，不及一一分说。意匠之尤佳者，《静悄悄》之借白云悠悠的闲适，表现农家秋收后的安静；《细雨》之借江南特有的小楼，暗示杏花春雨；《秋色》之借农女拾叶，写林间的寒意，皆是。最使我玩味的是那幅李亚群一首七律的诗意画，真是绝了。已故李公的那首诗是昔年的五七干校之作，首两句云："粪欲盈筐汗满襟，荒丘小歇听蝉吟。"你画了这两句的诗意。你的画面再简单不过了，一只蝉停歇在粪筐上，此外什么也没有了。你不画人，人到"荒丘小歇"去了，还说得通。可是那蝉，该在树上吟的，你画它在粪筐的提臂上，头向下，停歇着。餐风饮露，高洁的诗虫，太史公司马迁曾以它比屈原，中国历代知识分子曾以它象征清高，陷狱的骆宾王、失意的李商隐、难以数计的诗人都曾在它身上看见自己的影子，现在（"文革"年代）它头向下，凝视一筐粪，似乎在思索："这是为什么？"好有味道的象外象！这只是我的感受，别人的容有不同。你在意境里留下了空白，遂使象外象有了丰富性。激愤者看见激愤，悲伤者看见悲伤，委屈者看见委屈，放达者看见放达，趣味者看见趣味，谐谑者看见谐谑，机智者看见机智，思考者看见思考。这是因为意境里的空白有待填满，而欣赏者各人填的内容不尽相同。岂止"诗无达诂"，画亦无。我只觉得，你画李公诗意，似乎不费功夫。画面仅有二物，粪筐是李公提来的，蝉是李公听来的，都不是你的。你不过是捉了树上的蝉，置之于粪筐的提臂上，如此而已。捉蝉，你捉来了一个意境，比李公的意境奇妙百倍。这灵感是怎样产生的，劝你不要说破的好，好让这幅画保留一点点不可思议的秘辛吧。还有一个建议：这幅画添一个副标题《干校生活回忆》。纸短话长，以后再谈。恭叩笔健。

1987 年春

《高级笑话》序言

　　一撮有聊文人，爱讲高级笑话，这是为什么也？四十年来，目睹各种可笑之事，当时不讲，亦装瓜卖傻也。混到今日，笔舌痒痒，不讲不快，乃人之常情也。这撮家伙，身在江湖，志在国家，非无聊也。这本笑话，意在醒世，不在醒脾，非低级也。他们与我，共十五家，不讲效益，偏讲笑话，实在是因为捞钱乏术也。书编成了，推我写序，认为我这个人可笑性很高也。

　　知识分子，忧患意识，致癌之诱因也。今后遇事，若不顺心，一笑置之可也。闭嘴目笑，掉头暗笑，拈花微笑，拍桌大笑，岂但治病，兼可强身，君不妨一试也。

　　淳于髡、东方朔，讲笑话的老祖宗也。或嘲嘲，或谲谏，终归是与人为善也。果戈理、谢德林，俄罗斯的大作家也。烧腐朽，烛黑暗，笑声点燃一把火也。卓别林、侯宝林，世界艺林大笑星也。笑有泪，谐亦庄，毕竟是人道主义也。十五家，皆诗人，兼有志于笑话者也。或在巴，或在蜀，不约而同声相应也。

继往开来，便是正路，管你反对不反对也。笑愚哂妄，便是启蒙，管你小看不小看也。文人有聊，便是君子，管你尊重不尊重也。笑话高级，便是文学，管你承认不承认也。读者嘉纳，便是金奖，管你来钱不来钱也。

1989 年愚人节

高级笑话四则

农民坐汽车

五十年代初期，川西平原农民分得土地，心情愉快，三三五五结伴，往成都看热闹。彼等逛街，无目的地，且不识路。遇公共汽车，因从未坐过，便挤上车去。售票员问："到哪一站？"彼等憨笑答曰："坐三分钱。"逗得满车哄笑，纷纷让座。

老学究被轰

老学究逛街，见一毛肚店，匾书"伯乐火锅"，欣然入座叫菜："请来一盘马肉。"店主怒，警告曰："败坏本店名声，要负法律责任！"吩咐店小二："给我轰出去！"

官员读讲稿

故乡县城某官员登台读讲稿，语音响亮，语调恳切，且辅之以手势，完全不像是秘书起草的。一次念讲稿云："伟大领袖，毛主席，教导说：人的，正确思想，是从，哪里来的？是从天上，掉下来的！"右掌向下一砍，显得非常果断。听众吃惊，交头接耳，叽叽喳喳。官员翻篇，迟疑片刻，猛叫一声："吗？"全场大笑。

地图成罪证

友人车君，昔年成都著名记者，后改行做编辑，与余共事。每星期日，车君骑两轮跑东郊看建设。翌晨上班，必告余"又建一个厂"或"又盖一座楼"或"又修一条路"或"又办一个医院"或"又添一家电影院"。随即在壁贴的成都市地图上找到相应位置，用笔补画符号，非常认真。如是期年，东郊一片密密麻麻画满符号，只有他能看懂。一九五五年肃反搞运动，车君被捕，那幅地图遂成罪证。有人说他搜集情报，是个美蒋特务云云。关押十一个月，又放回机关，仍是好同志。从此好同志戒掉采访癖，不谈城市建设新貌，心广体胖，自求多福。

1988 年

能先想清楚吗?

——答《中学生读写》编者

想得清楚,就说得清楚。说得清楚,就写得清楚。我说得对吗?

对是对,但是不全面。

就我个人经验而言,有些事情,有些道理,老是想不清楚,我仍努力去说,一说再说,就想清楚了。同样,有些事情,有些道理,老是说不清楚,我仍努力去写,一写再写,就说清楚了。

先就想清楚了,说清楚了,然后动笔写,这当然很好。我恐怕做不到,二辈子再说吧。这辈子只能做到努力去写,努力去说,一写再写,一说再说,使头脑不清楚的地方逐渐清楚起来。

1988 年

大姐您好

——为《新华文摘》创刊十周年祝贺

　　家居楼台，南眺故乡。我所谓的故乡，小得可怜，乃街树密荫下一座报刊亭，近在眼前，不过百米之遥。每日外出上街，路过亭外，总要留情一瞥，探望乡亲。我所谓的乡亲，乃玻璃橱窗内一群姊妹花，大姐《新华文摘》，二姐《海外文摘》，三姐《世界博览》，四姐《东西南北》，五姐《世界之窗》，六姐《读者文摘》，七姐《现代世界警察》，八姐也就是幺妹《飞碟探索》。一瞥之后，发现她们中间有谁新到，惊艳的我便赶快摸钱包，深怕动作迟缓，最后一本被人买去。报刊我从来不预订，只买。买，一手交钱，一手接货（真不该把她们叫作货），有获得感，倍加爱惜。涨风一刮，姊妹花也腾飞，我递钞票入亭，礼聘她们，遂有心肌抽搐之痛，更懂得爱惜了。我不敢怨她们价钱贵，须知她们八姊妹加拢来还不值一包云南产的大毒草红塔山。席上馋官，街上贾客，一日吞云吐雾，够我读一个月。悲哉，她们涨了，仍然下贱，真是命苦。就拿大姐《新华文摘》来说吧，从前一元，现在二元，十年一番罢了，飞腾高度还赶不上公子彭生（猪肉十年涨成三倍）。此事勿让大姐知道，免得她悲叹"红颜命薄不如猪"。还有一事，大姐也不知道，三十年代上海商务印书馆的《东方杂志》每本大洋一元，据说，按银元黑市价计算，比大姐的二元贵二十倍。较之昔年东方美人，今日大姐确实姿色太差，但她满腹经纶，远在东方美人之上，何以今不如昔，这般下贱。不过又有一说，昔年教授月薪能买《东方杂志》二百本，今日教授月薪只能买《新华文摘》一百本，是大姐涨了呢，还是教授跌了，难说。重金礼聘大姐，二元使我心痛。大姐有知，心喜乎？心忧乎？

八姊妹配一个穷书生，俱获宠爱，爱法不同。二三四五六七姐，置之床头书架，供我晚间便览，开阔眼界，"秀才不出门，能知天下事"。幺妹《飞碟探索》置之案头，跏趺危坐读之，红蓝铅笔画杠，读毕，入柜，上锁，作为资料妥存（我是中国 UFO 研究会会员）。大姐《新华文摘》同样置之案头，严肃读之，或曰恭读。说具体些，有五不读：躺椅不读一也；倚床不读二也；坐车不读三也；上厕不读四也；入夜不读五也。跏趺危坐恭读，从大姐的头顶读到趾尖，不跳页码，不择篇目，当作课本顺序通读。政治，经济，哲学，史学，教育，科技，法学，文学，啥都要学。恭读之际，红蓝铅笔画杠，墨笔眉批夹注，贴签条，写提要，以便他日查找。这就是所谓的"做学问"了。每月一本《新华文摘》，断断续续要读一周。读毕，码在案左，签条向外。日久，雄峙成墙，壮我文胆。说来可怜，论学历我只有大学一年级，无文凭。一九五七年后，劳动二十一载，虽曾偷读不辍，终归未能精进。一九七九年起，月月受益于亲爱的大姐，以及诸多姐妹，所谓学问才算略见眉目，而白发已悲入明镜矣。现在鄙人日暮途远，哪一界都难混，写诗做文，徒争虚名，倒不如混入这读书界，做一个著名的老读家吧。

十年来那一座报刊亭，数易亭主，几变亭风。先是文学期刊塞满橱窗，后是裸体凶杀惊怵眼目，继后又是健美长寿服装饮食，而现在是报刊渐少，爱情啦间谍啦黑幕啦匪警啦之类的书籍渐多，已失去故乡的亲切感。所幸者八姊妹尚能定期露脸，容我礼聘，赐我欢乐。唯大姐近年来似已染恙，每月仅进两本，躲在幕后，不复当窗理云鬓矣。新亭主认识我，笑问："还有《新华文摘》，要吗？"我感谢他。愿大姐能继续后门赏脸，免得我去跑邮局的报刊柜台。大姐，您好。

1988 年 10 月 20 日

释　家

在《家》中，觉慧说，家是"宝盖下面一群猪"！

凡我中华读书人，面对这个家字，如果仔细想想，没有不吃惊的。我们是人啊，住在屋顶下，同豕有啥关系？可惜，肯仔细想想的读书人太少了。猪就猪吧，得过且过，说不定我们还不如猪呢。终于有个红色仓颉，把家字简化了。宝盖保留，为了避风遮雨；豕改成人，为了循名责实。这个新简化字，已经颁布天下，后来又阴悄悄取消了。豕改人，行不通，倒不是因为我们喜欢变猪，而是因为三千多年来中华读书人已经习惯了那个"家"字。

为什么屋顶下一头豕就是家字？一九五八年有文化人说，家字证明家家养猪。此说为了迎合伟大领袖"大养其猪"的号召，全不顾文字学的常识。东汉文字学经典《说文解字》云："家，居也。从宀，豭省声。"原来屋顶下不但是一头豕，而且是一头雄性的豕，豭。豭是公猪，正如麚是公鹿。豭麚音同，皆 jiā。屋顶下不写豭而写豕者，简化也。豭之为物，非常不雅。《左传·定公十四年》载宋国的公子朝，上了年纪，不理国政，跑到卫国去和卫灵公妃南子乱讲恋爱，被宋国的百姓骂作艾豭，也就是老公猪。真是愈说愈丑，人类的家竟与公猪扯在一起。好在中华读书人不但习惯了，而且还有一点可爱的保守精神，不去妄动那头公猪，"以俟来者"。

豭，蜀人通称豭猪。豭字音读讹了，落在纸上，变成"脚"猪。乡村中有牵豭猪配种者，姓张呼张豭猪，姓李呼李豭猪。你有母猪发情，请他他就牵来，当场配种。想象远古时代，也是这样配种。那时还是母系社会，男方入赘女方，正如豭猪牵入母猪圈栏。人类的家就这样与豭猪扯在一起了，盖其事相类耳。可知当初家这个字作动词用，专指入赘行为。男就女曰家，女就男曰嫁。种子从居宅播到田野去，便是稼了。家字早出，反映母系制的残余。嫁字晚出，反映父系制的确立，而稼则是农耕社会才有的字了。

动词的家《说文解字》以"居"释之，非常准确。后来通用名词的家，便忘掉动词的家了。现代雅人居家，深怕和猪扯在一起，尤其是公猪，想起都作呕。可悲的是见物而不见人，以为住宅居室就是家了。宝盖下面一套豪华家具，缺乏人生趣味，还不如"宝盖下面一群猪"！

1993 年二伏

悼扬禾

　　四川作家协会同僚扬禾，长我十三岁，该是老大哥，上月病故了，其家人要我写灵堂挽联。这是信任，不敢推辞。事后暗忖，我与扬禾识面，迄今四十年矣，偶有茶聚，谈文论事，亦不过五六回，且皆在新时期，实在说不上交情有多深。唯其不深而信任如此，我须恭谨撰写，方不负亡友于泉下也。

　　扬禾为人，最初我是旁听来的。六十年代前期，我在成都北郊植棉，听见有个工农干部谈起昔年肃胡运动，扬禾当时尚在中国作家协会重庆分会工作，忽被单独关押，所谓隔离审查，由那个工农干部日夜看守。此人回忆说："老子跑去下棋，听见楼上砭矿一声椅子倒了，就晓得狗日的挂起来了。老子不慌，下我的棋。过一会看表，五分钟到了，老子才上楼去抱起他解绳子取下来。狗日的醒过来一句话不说，就爬上床去睡了。哈哈哈，从此再不去上吊啦！"我戴着右派帽，在旁听了，既不敢言，亦不敢怒，只好低头认识劳动者最聪明，书生最蠢。此事给我教育，天大的委屈，也要活下去，别去寻短路，给人作笑柄。

肃胡运动两年后，又是反右派斗争，扬禾在劫难逃，终于戴上帽子。上头先说不给他戴，诓着这蠢书生发表了骂右派分子流沙河的文章在《红岩》月刊上，然后再补戴上，送去劳改。造化小儿真会捉弄人啊！

漫长的蹉跎，熬到新时期，天是亮了，人生却已走到晚境，黑了下来。如果时间流程可以任意飞跃，八十年代能够榫斗四十年代，青年扬禾发表《骑马的夜》之后能够一眨眼就进入新时期，然后继续写诗，那他将来定会大有贡献。遗恨的是那四十年横亘其间，叫他有翅难飞，有腿难跃。体能和心力都被绞干了，灵感和想象都被压碎了，便有绝代天才，终当阑入庸类，岂止一扬禾哉。待他再一次写出好诗来，已是临终前的四个月了。那首小诗《梦境》读了吃惊，启人思索。与癌斗了两年多，濒临死亡之际，诗人犯不着再去颂圣了，一切权利与义务他都卸下了，他回归于生命自体，想起少年故乡的雨雪霏霏，还有离家之日为他送行的黄狗。终点又回到起点，人生就这样简单。

扬禾易簧前数日，自费出版一部诗文合集《逆旅萧萧》。所收作品跨越半个世纪，早自一九四〇年的小说《麦收》，晚至小诗《梦境》。封面黑白二色，夜作背景，衬托一侧面影，点缀五片落叶（五十年的文学生涯）。满纸悲凉，这不是提前的讣告吗！为何取名"逆旅萧萧"？"天地者万物之逆旅"。这是说，世界是大旅店，接待万物，包括人类。吾人投胎，便是投宿。初宿这家旅店，青春白日，花花世界。后罹祸殃，劳于斯，病于斯，饥于斯，哭于斯。再后好转，唱颂歌，做美梦，忙写作。最后告别旅店，但闻风萧萧，无限的凄楚。这幅封面便是扬禾留给我们的最后一个意象了。《逆旅萧萧》置诸案头，怵目惊心，如一声禅喝来自"永恒"的彼岸。

扬禾不但留下了最后的意象，还为我们留下了他自身最后的形象。查出癌后，他很平静，接受治疗的同时，奋笔写作。去年在游藜家遇见，听他谈病情与疗况，语气和笑意莫不流露出自信、自强、自尊，而又自然。这不正是"泰山崩于前而色不变"吗？不一定能使"贪夫廉"，但足使"懦夫有以立志"。我忍不住当面说："老大哥，你是我们的榜样。你教我们怎样面对死亡。"后来多次路遇，他已大不景气，但仍微笑亲切，看不见半点窝囊相。直到死，都维持着尊严与肃穆，这坚强的齐鲁之士。安息吧，扬禾。

1994 年 7 月 15 日

回望流年

六十年前，我三岁，住在成都市北打金街良医巷（晾衣巷）。一日悄悄溜出大门，跑到巷口，呆看街边挑着担子卖糖果的，舔手指，流唾液，不知不觉跟着糖果担子向前走，愈走愈远，涎而忘返，害得家中母亲惊惶，领人四出追寻，跑遍十几条街巷，以为我长相乖，被拐子偷走了。最后，谢天谢地，终于在东大街找到我，还在呆看糖果担子，舔手指，流唾液。

五十年前，我十三岁，住在金堂县城槐树街，读初中一年级。春季同本班同学由教师领队去广汉县三水镇修筑飞机场半个月，喜见盟军 B-29 重型轰炸机雁序蓝天，远炸日寇东京去也。秋季哭闻国军血战衡阳，牺牲惨痛，不得不大撤退，致使日寇追到贵州独山，陪都重庆震动。虽虫儿小我亦深切感受亡国灭种之威胁，遂读文天祥《正气歌》而很快能背诵。

四十年前，我二十三岁，住在成都市布后街省文联，做《四川群众》月刊编辑，写些短篇小说，读契诃夫，读马克·吐温，读莫泊桑，唱前苏联歌曲，看前苏联电影，崇拜斯大林，学《联共（布）党史简明教程》，到新繁县禾登乡新民社"深入生活"，赞美农业集体化，协助基层强迫农民卖粮食给国家，梦见共产主义明天，要好左有好左。

三十年前，我三十三岁，住在成都市北郊省文联农场，戴右派铁帽子已有八年，恶名远播，人避我如瘟疫，我避人如芒刺。昼则炊饭养猪，按季节种油菜植棉花。夜则深钻《说文解字》兼读天文学的初阶著作。闲适便抄《声律启蒙》自娱，观星辰，伴猫狗。看报刊而惊心，逢棍棒而丧胆。畏闻五类分子之提法，怕见四清运动之批斗。犹记农场场长赠我良言有云："不要读你那些古书，争取早日摘帽要紧！人一辈子有几个三十三啊！"

二十年前，我四十三岁，押回故乡金堂县城拉锯钉箱已有九年，家抄了又抄，人跪了又跪，做不完的无偿劳役，写不尽的有罪自谴。想起昔年农场，好像梦回天堂。落到今日绝境，便是身陷地狱。

十年前，我五十三岁，回到省文联《星星》编辑部继续做反右派运动前我做过的那个工作已有五年，得了奖，出了国，张了脸，翘了尾，说些捧场话，写些帮腔诗。拼命积极，改革就像是我家的事务。抱病工作，胃病似乎是他人的溃疡。著文随抛新名词，发言乱骂老棍子。可笑可笑，该挨该挨。

今年，我六十三岁，住在省作协宿舍楼，身衰杞柳，诗散云烟，壮志已全消，往事眼前过电影，痴心将半冷，旧交头上起霜花。淡淡的悲伤，深深的惆怅。演南华经成现代版，仿东方朔著 Y 先生。提篮去买菜，写字来卖钱。

每一个前十年都想不到后十年我会演变成何等模样，可知人生无常，没有什么规律，没有什么必然。或富或贫或贵或贱，或左或右或高或低，无非环境造就，皆是时势促成。

所以我要劝人：你可以自得，但不应自傲；你可以自守，但不应自卑；你可以自爱，但不应自恋；你可以自伤，但不应自弃。

甲戌年清明节在成都

踢足球的瓦金效应

犹记儿时，顽童二三，蹲聚阶前，用瓦片叠成垛，退到两三丈外，投打铜钱，中垛者赢，未中者输，这种儿戏谓之打垛。投打之际，用右手食指和拇指夹持铜钱周廓，左眼眯缝，使瓦垛与铜钱和右眼连成一条直线，屏住呼吸，手一掷，急投出。打中了，喜洋洋，对手为之沮丧。我那时的经验是，独自一人打着玩，随手投去，比较容易中垛。一旦赌输赢，手艺便拙了，常常打不中。赌注愈高，手艺愈瘟。这种现象，两千三百年前庄子早就写过。译其言曰："用瓦下注手巧，用金下注头昏。"这该称之为瓦金效应吧，不但验之于打垛，而且验之于踢球。

欲踢好球，须练绝技。技巧的圆满发挥，有赖心境的虚白状态。唯虚白乃生慧。唯慧乃能出神入化，其变莫测，用奏奇功。如果得失荣辱交战于心，心境因塞满而变暗，不生慧，便生蠢，发点球的门前一脚，球竟飞天，惨不忍睹。他一定是战战兢兢深怕输了，输不起，患失，所以腿僵脚笨，踢个大臭。踢球，要发财要成名要爱国最好在场外发场外成场外爱。一旦进入绿坪，便须忘怀得失，虚白心境，轻松愉快以赴。还要有四堵墙，如入无人之境，对数万观众视而不见，听而不闻。这比写诗难一千倍。

1994 年 7 月 21 日

雌伏对雄起

公鸡懒，不孵蛋。孵蛋者皆母鸡。孵蛋母鸡在《淮南子》书上谓之伏鸡。"伏鸡搏狸"可见"不量其力"，句见此书《说林》篇内。狸是山猫，又名豹猫，比家猫大多了，凶猛亦远胜之。鸡本来就不是狸的对手，跑去搏斗，只能送死。母鸡弱，更不行。伏鸡尤其弱，毫无战斗力，羽毛乱耸耸，伏窝不敢出。你伸竹竿进窝探探，它只会咯咯咯一阵叫，叫公鸡来救命。我养过许多鸡，"实践"过，出"真知"。总而言之，伏鸡最可怜了。

伏鸡有时候被称为伏雌，见较《淮南子》晚出的《乐府诗集》所载《百里奚妻琴歌》。歌曰："百里奚，五羊皮。忆别时，烹伏雌，炊扊扅。今日富贵忘我为？"

伏雌一词，如果倒转，变成雌伏，孵蛋母鸡也跟着变成了母鸡孵蛋，或已无蛋可孵，还在窝中赖抱。有这样用的吗？有。《后汉书·赵典传》赵温说："大丈夫当雄飞，安能雌伏！"雄飞之壮观与雌伏之可怜正好对比。雌伏对雄飞，谁曰不宜。不过我认为，雌伏对雄起，更佳。雌雄二字之连用，亦如起伏二字之连用，所以，雌伏对雄起，恐怕更妙些。

雌伏一词千多年前就在书上写着，似乎在那里等着配对偶。直到今日，终于等来我们成都足球迷的一声吼叫："雄起！"这是汉语历史上的一个佳话，证明这种语言能够打通古今千年之隔，有惊人的活力。雄起虽然是口语，但也可以视之为文言，正与雌伏之为文言相同。雄起其实不俗，堪称吾蜀雅言，或应收入辞书。辩解既毕，且仿照《声律启蒙》来一段韵文："强对弱，悲对喜。雌伏对雄起。胜败对输赢，套边对沉底。用力冲，使劲挤。高尚对卑鄙。判我犯规则，找你说道理。流氓肇事翻栏干，球迷伤心捶座椅。放势加油，金牌全国同争。收赛鸣笛，臭汗各家自洗。"

1994 年 12 月

不亦乐乎二十四

炎夏中午，拉粪车过拱桥，江边树下小坐。此时风摇岸柳，摸钱买一大杯加冰泗瓜泗，噙麦秆细吸之，不亦乐乎？

雪夜读书，吩咐小儿灶下夹来烘笼一个，踏在脚下，觉得温暖透过脚心，上蹿到踝，到胫，到膝，到股，到胯，到腹，到脐，到胸，到腋，到背，到颈，直到脑海深处，不亦乐乎？

牛棚半夜睡醒，独对窗前皓月，遥闻管教干部声声鼾鼾，乃偷偷默诵《春江花月夜》，渐渐忘乎其境，竟至背出声来，不亦乐乎？

邻有泼妇，因厨馔被谁人偷吃了，怀疑我家小孩，便在院中指桑骂槐，语不堪听。忽查明偷嘴者乃其幺儿，当场丢丑，气得顿脚号哭。隔树荫倾听之，不亦乐乎？

早起散步林间，已有七分饥饿，遥闻林外儿女呼唤："爸吃饭了！"不亦乐乎？

读《诗经》朱熹注有疑问，写批语于书眉反驳之。若干年后，发现早有前辈反驳过了，其说与我吻合，不亦乐乎？

食水蜜桃，随手埋核。多年后，重来游，见已开花结果，不亦乐乎？

旧作早已批臭，今又出版发行，不亦乐乎？

晚步长街，心头忧郁。忽遇髫年同窗，呼我小名"水娃"，拉去饮酒话旧，不亦乐乎？

谀美主人茶好。主人说："还有更好的呢。"随即赠我一袋，不亦乐乎？

入座静听花花公子宣讲精神文明之重要性，不亦乐乎？

文友茶聚，七嘴八舌，古今中外，无所不谈，唯不话及升官发财一类事情，自午至暮，喧噪不已，直到肚子都饿响了，方才各自回家去也，不亦乐乎？

远游偏僻山村，忽见筒车筧水灌田，轮轴旋转，咿咿呀呀有声，仿佛回到半个世纪以前，不亦乐乎？

广场遇雨，躲到商店门前，愁看檐滴不断，十分无聊。忽见邻居女子擎大伞回家去，急往投靠，幸蒙嘉纳，不亦乐乎？

听大报告，躲入会场一隅，坐在"小广播"与"多嘴婆"之间，不亦乐乎？

入城办事，过街被撞，一把揪住骑飞车的黑汉，正欲问罪，那黑汉惶悚地叫一声"大表哥"，渐露笑容。乃放手逼视之，认出他是多年不见的小表弟。街边把臂话旧，立尽斜阳，不亦乐乎？

戒烟三年，偷照镜子，发现满嘴黑齿变白，不亦乐乎？

终于挨到退休，从此可以公然不去开会，免得再随大流表些假态，不亦乐乎？

胃痛疑是癌症，暗自嗟伤。大便出血，住院检查。医生塞软管入胃囊，目窥管端镜头许久，宣布说："胃里干干净净，没有包包块块。"心中石头落地，不亦乐乎？

小猫抓挠床下杂物，衔出一张去年遗失的五十元大钞，正好拿去买葡萄酒切卤牛肉全家享受，不亦乐乎？

夜晚停电，忽觉环境寂静可爱，点燃鱼烛，闲翻《史记》，不亦乐乎？

访亲戚家，翻照相簿，目睹自己童年留影，不亦乐乎？

同院邻居有中学生持卷来问一道平面几何难题。当即作图，苦思良久，仍不得解，担心自己下不了台。后来试着添一条辅助线，终于迎刃而解，不亦乐乎？

旧年除夕洗脚，夫妻灯下互相帮助剪脚指甲，不亦乐乎？

1995 年夏至日

二战我修飞机场

金堂县政府铁塔上摇响了警报器一长声，全城惶悚奔走。一长声是空袭警报，本县还是初次听到。以前多次止于插黄旗的预行警报，那是敌机轰炸川东。这次不同，发了预行警报，不久又发空袭警报，显然敌机越过川东，要炸我们川西坝子，即将飞到本县上空来了。县城东街中心小学赶快提前放学，我和妹妹弟弟背着书包跑回槐树街余家大院子。时在民国三十年即一九四一年深秋的一个傍晚，我才十岁，读小学八册班。

警报器一长声很快变成凄厉的短促声，这是紧急警报，大难临头。果然，站在大院坝中，很快听见隆隆声若沉雷从东方来，旋即看见轰炸机群，三架一个小队，九架一个中队，二十七架一个大队，正好一个大队，排成三角形的阵列，缓缓飞来。飞到头顶，变成一字形的横列，向西飞去。几分钟后，持续的砰磅声若擂鼓从西方来，惊起我家古槐上的鸦群，绕树回翔，哇哇啼叫。这是成都初次被炸，牺牲惨重。外南倒桑树街我外爷家，后门临南河，河心落一炸弹，好险。第二次炸成都在这年寒冬的一个夜晚，来了四个大队共一百〇八架。当时母亲领着我和妹妹弟弟跑警报出西门，躲在一家院落旁边的坟地里，目睹西方成都天空飘悬着照明弹七八颗，耀眼若煤气灯，四十公里外我们的面部都被照亮了。天黑，不见飞机在哪，但闻砰磅声，地都震动了。很快看见西天映红，成都在燃烧，愈烧火愈猛。火光倒照冬水田里，仿佛大火就在前头两三里外。母亲领着我们念诵"大慈大悲救苦救难观音菩萨保佑"，喉嗓吓得打颤。挨到半夜解除警报，妹妹弟弟草垛上睡着了。这次大轰炸，成都市民伤亡数百，盐市口一带炸成废墟，街上血肉横飞，电线杆上挂着残肢烂肉。传说黄包车夫跑累了放下车，回头才看见乘客已无头。此后两年间炸过多少次，记忆已模糊。想得起的是金堂县城内新添歇后语"两口子上床——警报（紧抱）"。还有就是谁向你说"日本飞机来了"，你莫问他"来了几架"，因为他会笑答"来了你妈二架（嫁）"。县城太小，侥幸躲脱敌弹，蚩氓作壁上观，乃有是说传播。

接着是两年后一九四四年修筑广汉机场。绵阳专署所属各县民工数万，麇聚在广汉县城外到三水关镇外六公里长的工地上，昼夜赶工，铁定六月份内完成。到五月初，工程紧急，中学生也叫去工地支援。那时我读金堂私立崇正初中一期，十三岁，由本校罗致和老师带队，去修了半个月。我和同学们编成队，身着黄布童军服，脚穿草鞋，腰悬搪瓷饭碗，一路丁丁当当，出了金堂北门，走到三水关来，住在黑神庙内。黑神塑像高大威严，端坐正殿，脸色漆黑。传说实有其人，是个孝子，家贫，偷窃财物供养母亲。某夜偷锅一口，受到母亲责骂："失主也穷，你不能让人家断炊呀！"吩咐快拿去还。孝子顶锅出门，看见天色快要大亮，踟蹰不前。为难之际，感应上天，天色忽转黑暗，赶快跑去还锅原主。锅还了，天色也大亮了。孝子死后封神。以其脸黑，尊称黑神。善男信女说："从那以后，每日天亮之前，总要黑暗片刻。"信不信由你了。可惊的是黑神香火旺盛，年年还办庙会。不晓得那些窃贼会不会也去烧香，待查。黑神炯炯目光之下，殿上摆了许多方桌，每桌挤睡两位同学。我怕睡方桌上，便移到方桌底下去，避开黑神的瞪视，躺在四柱桌腿之间，可以随意翻身滚动，亦甚好玩。可恼的是时届孟夏，蚊子叮咬，扰人安眠。点些药蚊烟，呛得人咳嗽。翌日黎明即起，收了草席被盖，围桌快吃早饭。饭后集合，排队出发，同学们高唱着《童子军歌》，步伐整齐，穿过街道，走出三水关镇外，到工地去。平野一望，地阔天低，民工如蚁，为童年之所未见。

此时广汉机场工程已近收尾。我看见远远近近停放许多 C-17 运输机和 B-29 重型轰炸机，映日闪光。跑道边上码砌炸弹和空油桶，如山字墙。敞篷吉普车在机场内跑来跑去，车上飘着黄旗，为起降的飞机引路。还看见一架运输机正在卸货，腹舱打开，开出来一辆辆十轮大卡车，还有坦克，令我惊奇难忘。这个广汉机场乃是二战盟军在四川最大的一个轰炸机场，是那时世界上最巨型的飞机 B-29 的基地，在国际电讯中被称为观音堂空军基地，为欧美报刊读者所熟稔。B-29 的 B 是 Bomb（轰炸）的字头，29 是型号。B-29 俗名 Superfortress（超级空中堡垒），雄伟瘦长，四个螺旋桨，背腹皆有炮塔，头尾皆有机枪，能续航二十小时。从成都平原飞日本本土，单程四小时，来回八小时。B-29 有充足的能力从成都平原直接飞去轰炸日本本土。这就是为什么要昼夜赶修广汉机场，鸠工数万，旁及学童的我辈了。

我和同学们被领到金堂县民工总队。总队部设在施工现场的一间草棚里。总队长由县长刘仲宣担任，下属十个大队。大队长由区长担任，下属若干中队。中队长由乡长担任，下属若干分队。分队长由保长担任，负责监工、收方，管理民工食宿。被谑呼为"泥巴官"的就是这些保长。我们学生承修机场最后一条跑道上的短短一段，石灰白线划定范围，任务之重，一如民工。我们先是填平地基，夯实，在地面上密砌卵石。卵石要用六市寸左右的，尖头必须向上，砌成一排排的，不得参差错落。然后铺土，灌黄泥浆，覆盖河沙。上面又密砌第二层卵石，又铺土，灌浆，盖沙。上面再密砌第三层卵石，再铺土，灌浆，盖沙。最后用石礅压。如此三层，厚一公尺，方能承受自重七十五吨的 B-29 重型轰炸机之降落。每筑一层，"泥巴官"都要用竹尺比。厚度未达标的一律返工，毫不通融。我们分工，大个子同学挖土担石，我瘦小，砌卵石。戴着草帽，上午还不太热，下午穿腰太阳晒脱我一层皮，晒晕，晒起"火眼"，最后晒成烟熏腊肉。半个月完工后，回到家中，又黑又瘦，青狗认不出我，扑来吠咬。

就是砌卵石，也绝不轻松。先是蹲着砌，砌好，捶紧。蹲久了吃不消，膝头触地，干脆下跪。跪着移膝，膝头磨烂生疮。手握卵石，指头摩擦起泡，泡破，嫩肉露出，不能再握，便用掌捧。担石的大同学笑我说："小鱼儿，条条蛇都咬人呀。"我姓余，诨名小鱼儿。我们还去伙着民工拉石礅，唱《大路歌》。歌词有"我们好比上火线，没有退后只向前"的金句，悲壮沉雄。有美国兵向我们翘拇指，我们回答"Mister 顶好"，也翘拇指。这是老师教我们的礼貌。

中午不回黑神庙去，在工地上蹲着吃饭。伙食同民工一个样，糙米饭有稻壳和稗子。米汤泛红，气味难闻。菜是盐渍萝卜丝或苤蓝丝，撒些辣椒粉，不见一星油。当时大家都苦，县长也在现场吃饭。县长太太脸麻，来尽义务，卖大头菜丝和豆腐乳，还卖盐。工地旁有摆摊的小贩卖锅盔、油糕、凉粉、米粑，可买吃以补充膳食之不足。唯民工皆农夫，大多无钱买吃，思之令人泪涌。也就是这样的蜀国农夫，没有任何机械化的施工设备，靠双手，靠两肩，靠夜以继日的实干，不到半年便修筑成当时地球上最大的机场，使我盟国空军能够从大后方直捣日寇老巢，摧得东洋樱花纷纷提前萎谢，为我民族扬声世界，跻身五强，立了大功。

在机场修筑过程中，敌机数次来袭，炸些坑坑。旋即填平，不足为患。一次目击盟军野马式战斗机升空迎战，打落敌机一架，落在金堂赵镇菜子坝。有同学去现场拾残片，归来送我碎铝一块，留作纪念。还有一次已是机场竣工之后，秋日黄昏又发空袭警报。我背起书包离校时，听见天上有低沉的噗噗声，抬头瞥见一架两个螺旋桨的双身飞机，状甚诡异，快速掠过。入夜，紧急警报，遥听轰炸机隆隆声，看见一串亮点若省略号飞过夜空，知道这是野马式战斗机在向敌机连射机枪。忽然天空亮起一团大火，向下坠落。翌日全县捷报，敌机被那双身怪机一举打落，落在金堂龙王场乡下，残骸燃烧一个通夜，现场菜园地里萝卜都烤熟了。找到敌尸四具，其一为女，乃专司无线电通讯者。随即长了见识，知道那双身怪机译名黑寡妇（Black Widow），或许应译名为毒蜘蛛吧，机头装有雷达，黑夜也能瞄准敌机。哈哈，打得好！记得此后成都平原再无敌机敢来空袭，空中形势大变，跑警报终成为蜀人的历史了。不修飞机场，哪有这好事！

更精彩的场面随即开始，B-29机群远炸东京，为我终身难忘。那天早晨刚亮，枕上半醒，便听见载弹的B-29连续不断地从空中飞过。若天上推石磨，轰轰闹了一个早晨，到早饭后方归沉寂，说少也有上百架从广汉机场起飞。远炸完成，下午飞回来时，七零八落，不成编队。我站在院坝中，目睹多架B-29负伤飞奔回来，有一个螺旋桨打坏了不转的，有两个螺旋桨打坏了不转的，还有三个打坏，只剩一个螺旋桨飞奔回来的，还有翅膀打穿了孔，孔大如圆桌面的，令我肃然敬仰。当时毕竟少年天真，竟未想过还有不少再也回不来的，葬身太平洋鲸腹之中了。事过多年，少年不复天真，头发已经花白，有幸于一九八七年访问菲律宾，在马尼拉南郊凭吊二战美军坟场，忽见壁绘作战地图一幅，宽高丈余。图上绘我秋海棠叶，叶之内陆西部，牵出一条红箭头来，向东越海，直刺日本东京。不看英文说明，也能懂得那是表示从成都平原炸日本东京。红箭头的起点，察其地理位置，正是我修过的广汉机场！

　　半个世纪亦不过似白驹过隙，一晃而逝。此生回想，多有愧怍，唯不愧少年修过飞机场，参加过二战。

1995 年 5 月 30 日

故乡异人录

家伯祖某

旧时吾蜀小康人家豢养宠物，鸟类有笼中的百灵、画眉、四喜、八哥、黄莺、鹩鹩等等，以及架上的鹦鹉、屋上的鸽子，畜生除猫狗外想不起什么了。可怪的是家伯祖某，居住城内，无田可耕，却养了一头牛作宠物。春刍秋秣，冬温夏凉，未尝稍息。晨夕牵牛出城牧放，每被街坊讪笑，泰然置若罔闻。日常居家，寡言少语，有话都对牛说。不仕不商，布衣终老，与牛为友。

晚年眼瞎，拆装座钟自娱。拆时，先摆小碟数十在大桌上，排列有序，后用解刀卸开座钟机械，部件零件顺序放入碟内，井井有条。装时，倒序摸索部件零件，一一组合，解刀车紧。机械复原，发条上紧，座钟又走如常。听摆轮之铿铿镲镲，翻盲睛向空笑，状甚怡然。拆装之际，猫须拴好，不使上桌，小孩亦不准来摸摸搞搞，家人肃然如临大事。

这位伯祖去世多年以后，我才出生。以上两件事都是听来的，自不待言。

旅长杨秀春

从二十年代中期到三十年代中期，大小军阀分治吾蜀，割据地区，以军代政，谓之防区制。防区制近十年，故乡金堂县割给邓锡侯，由邓所属混成旅旅长杨秀春管辖。混成旅的兵员编制相当于一个师，食指甚众，须靠征收防区内的每一户自耕农和每一家地主缴纳的公粮来养活。不足养活，便得预征明年的后年的甚至外后年的公粮。民国二十年已经提前预征民国三十年的公粮，如是丑闻，遂成笑话，传说至今。持平说来，当时预征亦是不得已也。

吾家原属地主，那时通称绅粮，或称粮户，理应纳粮。奈何家道式微，无力负担超额预征之粮。兵丁轮催，登门叫骂，父逃母哭，这便是我童年记忆中的头号惊恐。事后吾母一说起杨秀春就是气，斥之为"凶人"。别的地主家庭亦有类似看法，因为同是超额预征的受害者。

半个世纪之后，猛回头才发现那个杨秀春堪称之为改革家。此公在短短数年间，断然没收庙产，创办县立初级中学、县立初级女子中学、县立金渊小学。重薪延聘教师，补助贫寒学生，嘉奖优秀学生。有初中毕业考入省城高中者，一律支给学费杂费书本费伙食费，节约的钱尚可养亲。所办三所学校，校园宽敞，教室明亮。砌教室用青砖，需量甚大，便拆掉本县八景之一的临江宝塔，也不怕士绅阶层骂他"毁了本县风水"。校园和教室一用六十年，和所修的公园一样，遗惠至今。以一武夫而重视教育竟如此，殊可怪已。迨至一九九〇年底晤其孙杨应民于五通桥市，方才明白。原来这个杨秀春并非武夫，而是教师出身，曾执教鞭于犍为县某盐商之家塾。教书数年，投笔从戎，叙功做到旅长。如此旅长，重视教育，又何怪哉。

"文革"时期，我在故乡听耆老话旧事，说杨秀春陪姨太太曾在公园打网球骑摩托车云云，活生生的军阀形象闪现眼前。这当然真实，但是也片面。成都文殊院有一副妙联竟是杨旅长撰书的。如果不是其孙杨应民告知我，我绝对想不到。甚矣哉，全面了解历史人物之难也。

老兵喊街

抗日战争初期，我入金堂县立金渊小学读书。正午放学回家路上，常见一老头儿，蓄着发辫，挺胸收腹，两眼平视前方，在大街上一边走路一边喊唱："中国兵，来点名。沟边河边有事情。"重复这两句，不喊唱别的，也不说话。嗓声嘶涩，曲调悲凉，似在喊魂。路遇茶馆，还要进去喊唱。东南西北四条大街喊唱遍了，就出城回家去。本城逢阴历一、四、七赶场之期，这神秘的老头儿必定进城喊唱一回。唱词的解读存在着歧义。一般人认为是在呼唤姓钟名国彬的某人，叫此人到沟边河边僻静处去商议某事。有些闲人笑问这老头儿："还没有找到钟国彬呀？"据说这老头儿早在抗日战争爆发前就常这样喊唱了，城里的人已经听惯不惊了。居家姬媪闻听喊唱，就说："在喊钟国彬了，该煮晌午饭了。"迨至七七卢沟桥事变，抗日战争打响之后，唱词才被重新解读。天啦！原来是在喊中国兵集合，卢沟桥边黄河岸边打起来了！这老头儿不是早就预言了吗？这时候才传说开来，这老头儿满清末年当过北洋大兵，是退伍的老兵呢。

县长严光熙嘉奖老兵爱国，吩咐差丁送一件号褂子去，叫他穿上喊唱，以收唤醒同胞、鼓舞士气之效，显然不认为他是疯老头儿。

肉贼收水

旧时不禁民间持枪，所以枪伤时有所闻。子弹射入肢体，如果出血不止，必将危及性命。要救命，先止血，民间谓之"收水"是也。县城"收水"专科医生姓陈，诨名肉贼，大概是说他很能食肉吧。有谁中枪了，周围人就喊："快请肉贼老师来！"那个中枪者瘫在椅子上，脸色青白，额沁虚汗，似呈危象。家人手忙脚乱，惊乍乍地呐喊。一声"来了来了"，周围的人散开，但见肉贼老师不慌不忙走来。此公放下药囊，诊视伤口，不发一言，但叫舀一碗凉水来。可怪的是既不打止血针，又不用止血药，却端着那碗水，书空画符，喃喃念咒，状极严肃。画了念了，仰着脖子大喝凉水，包含在口腔里，鼓起腮颊，盯着伤口，噗的一声喷洒下去。信不信由你，血不再涌出，立刻止住了。周围的人啧啧称奇，中枪者的脸色随之好转。肉贼老师于是发言，解说伤势。然后打开药囊，伤口敷药，嘱咐禁忌。紧张气氛至此而散尽矣。

这样的场面少年在故乡仅见过一次，至今不能忘。画符念咒，会不会是心理治疗，稳住伤员的恐慌情绪呢？喷洒凉水，会不会引起血管的收缩，从而收到止血的功效呢？这是巫医吗？有披着迷信外衣的科学吗？

地主何矮子

当面尊称何老太爷，他家有良田数百亩。背后叫何矮子，他是侏儒。此公患有眼疾，视物模糊，所以出门总是背着竹编背篓，提着铁柄火钳，每日沿街夹拾字纸，投入篓中，背到南街字库焚化。背篓写有"敬惜字纸"四个大字。愚民相信践踏字纸眼睛要瞎，敬惜字纸眼睛变亮。迷信固然可笑，但包含着对文化的敬重，比"文革"毁书好。

何矮子不识字，有一次误拾了风吹落的官方布告，被差役罚了款。说来是大地主，他却无权无势，能忍能让，折财免灾，了事大吉。只是心疼那几毛钱，悄悄落泪。

何矮子极俭省，遗憾的是两个儿子金哥银哥奢侈玩派。有人来告诉说："老太爷，你儿子在东街馆子吃红烧鲢鱼呀！"当时他正和那些推车抬轿的苦力挤在小菜馆子里吃红苕稀饭，听了气得筷子乱敲，说："要弄烂就大家弄烂，再拈一块豆腐乳来！"这个笑话县人皆知，扬播甚远。

何矮子好囤积，囤粮囤物，还囤钞票。钞票汗渍，易霉易烂，晴天他就铺席曝晒，坐守在旁。两个儿媳金嫂银嫂，一个走前，端一碗滚烫的醪糟蛋来，喊声爹爹，站在面前挡住视线，一个跟后，抓紧时间掳钞票入围裙。碗腾热气，迷眩眼目，又被感动，老泪盈睫，竟不知中了计。

临近故乡解放，何矮子以高寿仙逝。事后，县城有人在云顶山下路遇何矮子，问他为啥到此。他指后面说："搬家到这里。"那人朝前走，不见住家户，但见土地庙。回城才晓得何矮子已死半年之久了，便相信他做了云顶山的镇山土地菩萨。山中蕴藏珍宝财富，需要他这样的人去镇守嘛。

1996 年

Y 太太语录

一

　　Y 太太正告 Y 先生说："听我妈讲，旧社会女职员尊称为某先生，只有家庭主妇才叫太太。新社会革掉了太太先生的称呼，男女皆称同志，夫妻互为爱人。大家称呼我某同志，没人乱喊我 Y 爱人。现今有点怪，像我这样的女职员，既不称呼同志，又不称呼先生，倒给贬入了家庭主妇之列，一律被叫作太太。还取消了我的姓，强迫跟着你姓，叫 Y 太太。我不但丧失女权，还要跟着你 Y，活见鬼！" Y 先生说："不是我的错。去找妇联吧。"

二

　　昔年同窗，今日之女强人，新近荣任合资公司中方经理，跑来炫富。Y 太太对她说："早在三十年前我就已经是资产阶级啦！你该还记得吧，读初中毕业班，我把衬衫花领翻到上衣外面，又用胶皮线偷偷卷头发，被有个牙尖婆跑去告了，结果挨刮出丑，说是资产阶级妖娆，不准入团。那个牙尖婆是谁呀？"女强人脸不红，翻翻白眼，说不记得，便告辞了。Y太太送她登车驰远了，自言自语："白费口舌，起啥作用。"

三

Y太太凝视着二十五年前的一张新婚合影，又照照梳妆镜，不胜感慨，便套了蒋捷的《一剪梅》吟咏道："流光容易把人抛，瘪了胸桃，肥了细腰。"Y先生涎脸问："看我怎样？"Y太太随口答："流光容易把人抛，秃了顶毛，肿了眼泡。"夫妻二人大笑。

四

Y太太对我说："某个贪官应该是啥模样，某个奸商应该是啥模样，某个歌星应该是啥模样，某个气功师应该是啥模样，闭上眼睛就能想象出来。后来有机会当面瞻仰了，往往证实我的想象准确。唯有你们这些所谓著名诗人，跟我的想象相去太远了。就拿你来说吧。读你的诗，想象你一定是牛高马大，楞眉鼓眼，方颏宽腮，表情严肃，结果不然，是他妈个骨瘦如豺，烂眉垮眼，尖颏猴腮，嬉皮笑脸。还有两位已故的老前辈，也很出乎我的意料。其一，早年爱写梦啦花啦泪啦，想象他一定是小白脸，结果是大胖子，皮肤油黑。其二，五十年代爱写马雅可夫斯基楼梯式的长诗，我读初中还朗诵过，想象他一定是器宇轩昂，洪声猛嗓，非常雄性，结果听说是短腿矮个子，细声秀气，三分女态。当代一位青年诗人，尽写自己怎样孤独，怎样忧郁，怎样厌世，一副就要去自杀的模样。结果这小子精通关系学，哈哈脆响，胃口又好。你说怪不怪呢？"

五

Y太太看报。搓麻将的老太太一边砌牌一边问国际形势怎样。Y太太说："东风南风过了，现在起西风了。美洲又在拉丁了，南斯又在拉夫了。快碰起，发财！"

六

中秋赏月联句，要求对仗。主人吟一句"桌上两盒中秋饼"。宾客甲对"云间一块大银元"。宾客乙对"堂前五位老傻瓜"。Y太太对"村中三个小学生"。主人说："对不起。"Y太太解释说："两盒月饼的钱，刚够乡村三个小学生一年的学费，怎么会对不起？"自知失言，赶快拍额赔笑。Y先生便打圆场说："我来对吧。座中一位母蝗虫。"五人大笑，吃完两盒月饼。Y太太意犹未足，又吃一碗八宝粥。

七

公园茶聚，满桌姆姆，轮流坦白交代自己的第一个男朋友。Y太太交代说："第一次到女生宿舍来，他替我搓袜子，擦鞋子，讨我欢心。第二次来，帮我拆洗被盖，我就有意思了。第三次来，趁我不在，他把女生宿舍十多个臭尿罐洗得亮锃锃的，不但用手擦尿痕，还用指甲抠尿垢。女同学们大哗，谑呼如意郎君。我气昏了，当场一刀两断。毕业以后分到机关，找了个不会倒尿罐的。"说到这里，指点着邻桌的Y先生。

八

哲学博士正午来访，同Y先生讨论唯心唯物，尖嗓挥臂，状甚激烈。博士说，开放搞活就是唯物。Y先生说，强调精神文明不算唯心。Y太太从厨房跑到客厅来，双手就围腰揩油腻，也来参加讨论，问："人饿了要吃饭，是唯心呢还是唯物？"博士答："当然是唯物嘛。"Y太太宣布说："那就去唯物吧，请。"

九

Y太太有表弟在Y市公检法系统的某单位当头头儿，看了电视剧《包青天》，连声叫好，回头问："表姐，怎么样？"Y太太惊叹说："天啦！堂堂一个开封府，那还是首都呢，公检法三大衙门的官员加拢来也才十几个人嘛，还赶不上你的一个小车班呀！我看他们力量太薄弱了，应该扩大编制，好生充实充实。"

十

Y先生谈运动之相对性，举例说："太空飞船正在环绕地球飞行，我们也可以说，那只飞船在太空中根本未动，而是地球正在下面滚动自转。你说是不是？"Y太太不答，扁嘴悄悄笑。过一会，Y先生背痒了，请太太抠一抠。Y太太伸出手，不抠动。Y先生催她快快抠。她说："相对性嘛，我手不动，你动背吧。"

十一

Y先生动存款购端砚一台，Y太太嫌贵。Y先生说："你看清楚！"

便捧起砚台，连哈三口气，让她看奇迹——热气在砚心凝一抹水痕，可供研墨写字之用。Y太太不屑再顾，冷冷地问："你就哈出一桶水来，又能值几分钱？"气得Y先生说不出话来。

十二

老同学联欢会，轮流起立献艺。有人唱《红莓花儿开》《喀秋莎》两首前苏联旧歌，满堂响应，拍掌齐唱。有老姆姆感伤落泪。Y太太起立，朗诵诗一首。诗曰："野外小河红莓花，梨花天涯卡秋莎。百姓何须亡国恨，满堂欢唱后庭花。"老同学们大声叫好，鼓掌热烈。老姆姆亦点头，拭泪而笑。

十三

表侄儿开照相馆，拿走Y太太豆蔻年华时一张黑白照，放大百倍，置之橱窗，以广招徕。不久，收到中学生一封求爱信。Y太太回信说："你娃娃太嫩了，叫你爸爸写来。"

十四

有昔年女同学登门访旧，寒暄既毕，出示照片以炫耀其夫君之俊美。Y太太说:"你在影院遇着白马骑个王子,我在书店碰着黑猪驮个李逵,都是偶然。"随即呼叫内室的Y先生倒茶来。Y先生敬茶,状甚恭谨。及至送客出门,女同学羡慕说:"还是李逵好些。"Y太太问:"王子脾气大吧?"女同学点头,遂告辞。

十五

三伏炎天,邻居老教师家有小女子吼唱香港歌,如疯似傻。老教师心烦,看不惯那一副轻狂相,便课之以写繁体字练习书法,冀其收放心也。数日,Y太太去打听效果怎样,老教师叹气说:"心不在焉,提起笔来鬼画桃符。还赌气不理我。"Y太太招小女子来,牵出门去附耳低语。不到两三分钟,小女子便跑回去苦练繁体字了。才一日而大进,竟能用繁体写中华的华字、刘邦的刘字、爱国的爱字。老教师觉得这真是奇迹,便问Y太太是怎样教的。Y太太大笑说:"我问她想不想写信给刘德华。她说,想得要死。我就告诉她,刘德华只认得繁体字。"

十六

车抵重庆,提着两口大箱出站,Y太太已气喘吁吁。置箱街角,愁眉四顾,见远处有农民一大帮,肩背皆斜挂楠竹棒,棒上缠绳,绳端系钩。估计都是挑侠,便呼同志。不应。改呼老乡。仍不应。直呼挑佚。又不应。有陌生人笑了，大呼一声："棒棒！"立刻有挑佚跑来七八个。那陌生人又吼："只要一个棒棒！"其余的人便退去了，默无一言。Y太太向陌生人道了谢，让一挑佚肩担两口大箱，自己跟在后面走了。走在街上，黯然神伤，自言自语："人格都物化了，还能有尊严吗？"

十七

商家小媳妇挺个大肚皮，临窗阅读《美文》。Y太太提醒说："这不利于胎教，你会生个笨蛋。"小媳妇请教怎样才利于。笑答："闲坐无事，点数钞票。"

十八

Y太太教Y先生怎样说奉承话，说："事业型的男人，你要称赞他款大腕大身材高大，还要告诉他有许多女子正在暗恋他。不三不四的女人，你要称赞她脸貌好，要不就身材好，要不就腰翘好，要不就头发好，要不就腿杆好。再丑，总有一样好嘛。丑得不能再丑，还可以称赞她气质好，风度好。如果连气质风度也谈不上，记住，你就说她的娃儿好乖哟。遇到待嫁黄花，你就对她说，好多男子爱她，神魂颠倒。"

Y先生摇头说："说不得。有一次我对一位太太说，好多男人围着她转，她差点吐我口水！"Y太太纠正说："你应该说，好多男子都梦见她。"

十九

Y太太拉Y先生去看斗蟋蟀表演。在门外买入场券时，遇见一军官从这里路过，便点头招呼。那军官说："这玩意儿有啥看头嘛。"Y太太说："是啊是啊，远远不如武斗好看。"军官瞪目不悦，回头走了。Y先生问这人是谁。Y太太说："他生气了，因为揭了他的老底。文化大革命初期，他是我母校武斗队总指挥，带我们去攻打幺三二厂。"入场，表演早已开锣，观众爆满。Y太太挤不到近前去，未睹蟋蟀之角斗状，但闻渴血的喊杀声，心惊魂慑，向隅独白："谁敢担保不会有第二次？"

二十

巨腕级大导演黎登慧，应台湾娱乐界之邀请，访问归来，春风得意，在街上大声招呼Y太太。Y太太笑着说："报上说你在那边搞两个中国，还要跑到日本去搞三个中国。你够忙啦。"大导演一愣，随即哈哈笑，解释说："明年才去日本拍摄《三国演义》。嘴巴还是那样刁，Y妹子。"

二十一

国营书店寂寥关门，再开业已经是海鲜大酒楼了。Y太太惊，想想又说："是也是啊，与其补脑，不如填胃。"

二十二

有老闲官游法国归，作大报告，不免谈及自由平等博爱，吞吞吐吐话不圆了。Y太太在下面对邻座女同志耳语说："自由就是老子说了算数。平等就是均分胜利果实。博爱就是培养一群小蜜。"邻座女同志的邻座有女秘书听见了，气得杏眼圆睁。

二十三

陪远客逛名小吃一条街，吃得腹胀，遍街找厕所而不得，Y太太顿脚说："天啦，进口容易出口难！"

二十四

Y太太说："我们女人，职业各不同，习性也相异。一旦来到小菜市场，女教师也好，女会计也好，女医生也好，女编辑也好，女工也好，手提塑料袋，大声杀价钱，一副厉害相，彼此没有什么不同。你们男人，级别职称各不同，富贫贵贱也相异。一旦坐上公宴酒席，厅局级也好，总经理也好，名诗人也好，农二哥也好，文盲也好，手端五粮液，大声劝干杯，一副贪鄙相，彼此没有什么不同。"

二十五

有低文化发了小财，买个便宜书号，出版一本诗集，皮包提着，路遇Y太太，也敬赠一册，还谦虚说："请你拜读。"过几日又路遇，Y太太玩笑说："请你恭听。大作优点罄竹难书，该用花言巧语加以猛烈赞赏。"

二十六

Y太太粗通日语，被派去陪三位来华讲学的日本老教授游览文化广场。三位老教授在广场一隅发现一座小楼，门楣霓虹闪灯招牌书曰

918Club，便停步吃一惊，聚首小声商量片刻，然后询问Y太太可以不可以进去行谢罪礼。Y太太大笑说："这是久要发夜总会，不是九一八俱乐部。当年日军炮打沈阳城，他们早就忘记啦。"三位老教授大不以为然，摇头叹息。又见918Club的旁邻有一家餐厅，招牌书曰樱花料理，便忍不住笑，还问Y太太用中国话该怎样说。Y太太答："不伦不类。"

二十七

邻居有老太太看了电视播映《安娜·卡列尼娜》后说："思想性嘛，也不能说没有。不过女主角乱搞婚外恋，总不太好，你说是不是呢？这类事情也不见妇联来管一管。倒是她男人，那个老干部，你看人家风格多高。他是哪一级的，没有交代清楚。"Y太太说："很可能是副部级的。"老太太说："不。他连小汽车都没得。"Y太太讪笑说："俄国穷嘛。哪赶得上我们，一沾厅级边边，就有小汽车坐。"

二十八

耄耋忆旧事说："我读中学，学校礼堂供奉孔子，全体师生员工，晨昏都要跪拜，还唱《大哉孔子》。"Y太太说："过时啦，老大爷！现今学校都供奉孔子的哥哥啦！"老大爷说："别骗我，Y妹子。孔子没有哥哥。"Y太太笑问："他没有哥哥，为啥叫孔老二呀？"老大爷抠脑壳，稀开缺牙巴笑，点头说："当真话。孔子名丘字仲尼嘛，仲就是老二嘛。他应该有哥哥，就不晓得叫啥名字。"Y太太说："叫孔方兄。"

二十九

Y先生怀旧，看老影片《白毛女》和《刘三姐》竟被感动哭了。Y太太劝慰说："现今时代大不同啦，白毛女的曾孙已经做了房地产公司总裁，带一群小蜜玩，三日五夜地转轮子，甜得快腻死了。刘三姐的玄孙女们更不用说，当歌星的台湾香港大陆到处都有，一个个的红得发紫，拔根汗毛都比你的腰粗，谁稀罕你那几滴马尿！"

三十

天寒了，Y太太翻柜子清理冬衣，当洗的洗，当掸的掸，当熨的熨，当补的补，一一分类，感叹独白："穿漂亮服装不需要勇气，穿寒伧衣裳却需要。揭别人疮疤不需要勇气，揭自己短处却需要。"

三十一

Y太太谈美女怎样穿衣，总结说："旧时代她们用加法，愈穿愈烦琐。新时代她们用减法，愈脱愈单薄。"

三十二

　　大院楼房维修，雇用农民来抬残砖烂泥。听其土音甚熟，Y 太太便问家住在哪方。答以金堂淮州，淮音读 wái。Y 太太笑，端出一盘红橘招待同乡。淮州同乡称谢，以土音问："孃孃吔！橘子柑儿买成么多钱一斤？"答以八角。淮州同乡惊愕呐喊："我们那里一斤才卖两角！"Y 太太苦笑，以土音叫嚷："哥佬倌吔！卖一斤橘子柑儿，刚刚够你到成都来屙两泡尿！"

三十三

　　Y 太太说："怀抱幼婴哺乳的女人，有圣母的慈容。公费享宴大嚼的女人，有母蝗虫的馋相。灯下编织毛衣的女人，有做梦的表情。正在做满贯牌的女人，有难掩饰的狡诈。"

三十四

　　邻居姆姆送来一盒补品，说是什么核能营养液。Y 太太道谢了，回赠一笾皮蛋。邻居姆姆喜，说她故乡淮北不叫皮蛋而叫变蛋。Y太太纠正说："科学名称应该叫热核聚变蛋，可不简单！"又提醒一句："要赶在国际核裁军以前吃！"

三十五

电视播映某小说家获鲁迅奖。Y太太向我说："文学家联合会应该设置孔乙己奖，每年一届，发给那些专偷情节的小说家。"又指着屏幕上的尊容说："他偷米兰·昆德拉。应该发给他。"

三十六

席间有客，豪饮猛吃，喉忙于吞，齿忙于嚼，舌忙于卷，筷忙于拈，仍不碍于海阔天空大吹其牛。Y太太赠以泡泡糖一粒。客问："这有啥意思嘛？"Y太太答："不但能吃，而且能吹。"客终不悟。

三十七

Y先生早早起，忙着翻《玉匣记》。这是一本旧时圆梦的书。查完一遍，没有找到解释。Y太太问他："做个啥梦嘛？"他说："梦见一座雄关，关门洞开，人似洪流，往关内涌。我挤不进去，站在关外看。不看还好。一看，嗨，怪事，怎么只见人进去，不见人出来！又听见里面在喊我的姓名，喊了两三声。"Y太太急问："你答应没有？"Y先生忙答："我没有开腔。"Y太太说："没有开腔就好。那是鬼门关呀！所以只见人进去，不见人出来！"Y先生拍额头，向西窗呸三声，放下心来洗脸刷牙。Y太太提醒说："已经挂号喊名字啦，还是小心为妙。"当日傍晚，夫妻外出，相携过横道线，听见交通宣传车播唱歌曲《祝好人一路平安》。Y太太警告说："死鬼，慢点！前头有鬼门关！"果然一辆豪华轿车飞驰而过，好险。过完横道线，Y太太又说："你听唱的啥嘛。好人一路平安。你碾死不打紧，留下我当坏人的寡妇呀！"

三十八

我告诉Y先生，我们那里来了一位官员，作报告念稿子，有盐有味地念出一句来："川端康！成为日本的著名文学家！"Y太太插嘴说："这不算笑话，早就有过啦。那些年有官员念党报的标题：齐奥塞！斯库当！选为主席！后来大家给他取个'撕裤裆'的诨名。他不生气，倒是个难得的大好人。"

三十九

有女权主义者聒噪男女平等，痛贬男人不是东西，鼓吹妇女争回权利。Y太太站起来带头拍掌，作应声虫状说："从前男女平等，男子能干啥，女子能干啥。挖堰塘有三八红旗队，炸山开路有铁姑娘突击班，打冲锋杀敌有女扮男装的英雌，多好！哪像现在嘛，臭男人累死累活捞大钱，婆娘可怜，只能跳跳舞打打麻将进进美容院唱唱卡拉OK，太不平等！应该造他男人的反！"会场愕然，爆发大笑，气得女权主义者瞪眼咬牙摔话筒。

四十

气功姆姆花圃晨聚，谈起单位分房，纷纷大骂不公。Y太太劝喻说："大厦千间，夜眠八尺，要那样宽干啥。"离开花圃回去，听见背后小声笑骂"母庄子"和"女方脑壳"，不禁苦笑。走在路上，似有所悟，自言自语："劝人舍弃利益，犹如与虎谋皮。蠢东西，该挨骂。"拍额一笑了之。

四十一

Y太太晨照镜，皱眉蹙额笑自己发胖了，感叹说："人家那些漂亮女人，时装一穿，大街一走，就给社会作了美的贡献。我这样的月半波女，还去招摇过市，岂不大煞风景。唔，罪该万死，罪该万死。"Y先生涎脸皮凑上来也照镜，试探问："我的脸貌如何？"Y太太说："像一坨卤牛肉。"夫妻二人大笑。

四十二

Y先生读武侠小说入迷。Y太太叫："洗脚帕递过来。"Y先生左手捏紧《新三侠五义》，凝眸字里行间，右手伸到洗脸架下摸索，探得湿漉漉的一团，抓在手中，叫声"看招"，猛地掷去。Y太太双手接住，说："这世界上只有蛇，不存在什么龙；只有鸡，不存在什么凤；只有黑手党和恐怖组织，不存在什么侠；只有包装得很漂亮的私利，没有什么义。该睁眼看看了！"

四十三

Y太太去看望袁老师。"文革"爆发那年，她读初中毕业班，袁老师教历史课。如今袁老师头发花白了，背佝了，声嘶了，记忆也混淆了。Y太太提醒说："你教我们《社会发展简史》，我还记得清清楚楚。"袁老师感慨说："不晓得是在发展吗还是在循环啊。"Y太太说："老师，现今遍街女子戴盆盆帽。你认为可笑，她认为时髦。六七十年前，我外婆妙龄时就戴这种帽子照相。照片我还保存着呢。社会有点像女人的帽子，不晓得是不是。"袁老师哂笑说："也像男人的帽子嘛。现今好多男人戴博士帽——桶桶形，帽顶凹，周围有帽檐，英国呢料制的。旧社会我父亲早就戴过这种帽子。到新社会，我母亲叫父亲取下来，剪成一双鞋面，找皮匠绱了底，又穿了好几年。"Y太太说："老师，该编一本《社会循环简史》，你说是不是呢？"袁老师笑而不答。

四十四

看报生气，Y先生说："应该讲明政策，划清界限，好生惩治腐化堕落。"Y太太说："恐怕有界限，划齐肚脐眼。上半截不管，下半截罚款。"

四十五

大院有老同志家被盗，不得不安装防盗铁栅栏。一层安装，层层安装。一幢安装，幢幢安装。Y太太叹曰："'文革'关牛棚，而今蹲虎笼。"

四十六

表弟受命设计迎宾大厦，发牢骚说："上头命令，宴厅酒吧卧室厕所必须体现民族风格，弘扬文化传统。说是原则问题，不得走展。"Y太太说："当然是原则嘛。否则吃不下饭，喝不进酒，睡不着觉，屙不出屎。"

四十七

嘻嘻哈哈惯了，Y太太在本机关内被呼为大乐天。适见一位以严峻知名的官太太面带喜悦，便探听是何故。有女同志耳语告知："人家的男人回扣吃肥了，当然快乐嘛。"Y太太说："如果金钱与快乐成正比，我早就该是头号富婆了。"女同志说："你是例外的穷欢。"

四十八

Y先生早晨问："隔壁余家半夜闹啥？"Y太太眼瞟余家阳台上，看见刚刚晾出湿棉被和床毯，还有一条小孩内裤，便答："毛弟娃下海了。"Y先生迷惑，自言自语说："营养好，发育快，九岁娃娃敢下海。早迟都要下，骂他干啥嘛。"Y太太失笑说："尿床冲下海！"

四十九

灯下对坐，各读报章。Y太太惊乍乍闹起来："我的妈呀！你看，非洲这个穷国，搞些啥名堂哟，大学老师月月垮薪，已经垮成十美元了！好可怜哪！"Y先生不理睬，悠悠缓缓一句作答："看完下句再叫喊嘛。"Y太太静下来看下句。下句是"政府官员停发月薪至少有半年了"。看完后，Y太太赞扬说："穷是穷，有见识。"

五十

办公室内正忙，有蜜蜂急撞窗，求出不得。Y太太放下笔去开窗，喃喃自语："不是说懂得恒星导航吗？还懂得六角形的房间最节约建筑材料吗？天文学，几何学，还有奇妙的舞蹈语言，唉，全是枉然。人发明玻璃窗，可怜虫不懂得。"

窗开，飞去。处长来做Y太太的思想工作，劝喻说："你就不要再申请调离啦。工作量这样大，我怎放你走。好好干下去嘛，明年给你提级。"Y太太苦笑说："玻璃窗，我懂得。"处长不懂，疑她有病。

五十一

Y太太看《参考消息》，惑而不解，请教邻桌科长同志："你坐火车出差玉门，经过嘉峪关吧？"科长同志埋头称是。又问："过嘉峪关该坐船吧？"科长同志抬头觊觎，深表惊愕，反问一句："怎么可能坐船？"又问："那你去年出差沈阳，经过山海关呢？"科长同志回答："也是坐火车嘛。世上岂有坐船过关之理，天方夜谭！"Y太太指点着《参考消息》上一段文字说："白纸黑字，清清楚楚，渡过难关的渡有三点水，明明是坐渡船过关嘛。还有，现今度假也兴坐船，所以报章杂志度假的度都用渡字。还有，我们关在办公室内，长久不下基层，不了解底下的情况。昨天看报才晓得洪水滔天了，所以度日如年都印成渡日如年啦。我的妈呀，好险！"科长同志辗颜一笑，伸懒腰说："该给编辑写封信去反映反映。"Y太太说："吃饱饭，莫事干，再写不迟。"

五十二

Y太太说："蠢女愚妇一旦陷身贫贱，先是毒詈，后是幽怨。待到更加贫贱，寻死不得，最终认命，含泪无言，癌发于肝。如果中途攀上富贵，先是作福，后是作威。待到更加富贵，无所惧畏，最终变坏，情场作绯，官场作祟。"

五十三

有女医生听说某一剂春药竟然是用雄蚕蛾焙制成的，大表惊奇，并怀疑其药效。Y太太辩护说："小时候我养蚕，看见雄蛾咬破茧钻出来，立刻爬去找雌蛾交配，交配持续不停止，直到生命的最后一秒钟。根据国粹传统天人感应原理，吃啥像啥，吃虎胆变勇士，吃兔心变懦夫，吃雄蚕蛾就像雄蛾交配不停止，过把瘾就死。药效如神，你别怀疑。"女医生说："现今有人专门弘扬糟粕。"Y太太补充说："同时还要抛弃精华。呃，这样就全面了。"

五十四

Y太太换连衫裙照梳妆镜，颇感满意。Y先生献殷勤提醒说："镜子只照眼前，照不见后颈窝。你背后的拉链还没有拉上呢。"随即代为拉上，封住后颈窝。Y太太故作顿悟状，用女作家宣布哲理的夸张腔调说："所以说哪，女人非嫁男人不可！否则看问题不可能全面！"停停又说："现今报刊争着开辟炒女人的专栏。你捡着这句伟大的哲理，拿去铺展，扯长，揉软，写成一篇所谓散文，投给那些专栏，混点稿费，好吃夫妻肺片，何乐不为！"

五十五

Y太太说："人都要死一次。不过有些人还要死两次。第一次死，男是退离休，女是停月红。"

五十六

饮食文化研究会主席团委员扩大会开了一个星期，胜利闭幕，大摆宴席。Y太太跟着本机关首长，作为贵宾莅临，举筷大嚼之后，相继被恭请即席致词。本机关首长起立致词，反复阐述饮食文化之重要。Y太太起立致词，仅一句，曰："文化很重要，消化更重要！"宴厅狂热鼓掌，声若疾风骤雨。本机关首长大不悦，影响胃纳。

五十七

拙著《Y先生语录》出版后，Y先生也收到很多来信，都是由我转交的。不少读者，有一些是姆姆，信上要Y先生告诉家中电话号码，以便时常联系。Y先生遂动摇拒绝安电话的顽固立场，乃跃跃欲试焉。Y太太从旁赞助说："快安。安了好和姆姆读者谈心。"Y先生便仰脸向天，双手拊臀，大呼活天冤枉。Y太太笑，急改口说："还是安嘛。安了我好约赌友来打夜麻将。"Y先生大恐惧，决定还是不安为妙。

五十八

Y太太说："懵懂的小女子斜目瞟一眼老太太，以为老太太自来就是那样老。多年后，小女子自己也变成老太太了，才省悟到任何一位老太太都曾经是小女子。这时她好后悔，当初真该善待每一个认识的和不认识的老太太，而不该斜目瞟她们。"

五十九

同事某官，貌似严，状似肃，此次出差澳门，偷逛妓院，逮金丝猫，被同去出差者拿得铁证，传真告回本机关来。这头急电，叫他速归。归来之日，Y太太恶谑他："拗门回来，辛苦辛苦。"惹得办公室内闪烁窃笑。拗门之拗，川音读 ao，而不读 niu，意为用棍撬物。拗门在这里是怪话，非常不雅，且又谐音澳门。受嘲讽后，此官竟然稳起不惭，还说"此次出差思想特别解放"，殊出众人意表。Y太太极失望，掉头走开，拍额自责："我好蠢啊！"

六十

Y先生遣Y太太送来柞蚕丝袜一双。观其质料粗疏，我问："这耐穿吗？"Y太太答："你放心吧。"随即伸脚示我，玩笑补上一句："看我这双，穿十年啦，你们这些中国诗人都 pass 三代了，还没穿破。"

六十一

喜悉科学技术提升为第一生产力了，某城社会科学院领导，绰号

"咬卵羼"，心头一热，思路遂活，跑来找 Y 先生商量说："咱们社会科学也是生产力呀！算不上第一，也该算第二！Y 秘书，写篇文章呼吁呼吁吧。"Y 先生有疑问："我这门秘书学算不算？"回答要算。又问："文艺学呢？"回答也算。再问："难道音乐也算生产力吗？"Y 太太端茶来，抢答说："当然算。《咱们工人有力量》一唱，生产就上去了。"领导悟，转移话题，揭盖一嗅，盛赞茶香。

六十二

从一座豪华住宅走出来，Y 太太自言自语说："门铃的声音，电话的声音，荧屏的声音，唱盘的声音，空调的声音，客人的声音，划拳的声音，麻将的声音，何其嘈听的声音啊，全是外来之音。唯独听不见一句亲情温暖的语音。帘幕的颜色，地毯的颜色，壁饰的颜色，家具的颜色，灯光的颜色，晚装的颜色，饮料的颜色，菜肴的颜色，何其缤纷的颜色啊，全是外来之色。唯独看不见一点亲情柔和的脸色。可笑之至，标榜什么现代家庭！"

六十三

老学究夸成都城之奇妙，说："杜甫有句云，层城填华屋。层城者，城中又有城，一层套一层之谓也。大城内有少城。大城中央又有皇城。大城外还有罗城围绕，一个成都四圈城哪，还没有算东西南北四个月城。"Y太太接嘴说："老伯伯，这算啥。现在我们成都，城内城多得多。你听我扳起指拇算算吧。才走几条街，就有娱乐城、火锅城、美食城、服装城、鞋城、袜城。你看，都六个啦。昨天出街又看见美容城，七个。我看应该添一个枉死城，聚会每天来报名的轮下之鬼。这样就凑够八个城，应了那个发字。"

六十四

学习会上，热烈讨论"人的本质是社会关系的总和"一句。Y太太不发言，低头翻读《公关入门》。学习组长催她发言。她说："关系愈多，愈吃得开，本质也就愈好。"引起一派哄笑，遂致会风大乱。组长气青脸，宣布提前散。

六十五

Y先生读一篇大作家的文章，见句中有"两个莘莘学子"之说，拍桌大骂狗屁不通。Y太太说："这有啥关系嘛。报章杂志早就兴说一个群众，现在又兴说三个芸芸众生，你没有看见吗？虱多不痒，何必去捉。"

六十六

Y太太路过肿瘤医院高干病房大门外，停步察看三三两两探病者走出来。看了几分钟，便莞尔一笑，宣布说："慌慌张张走出来的是子女看父母。悲悲戚戚走出来的是老妻看老夫。沉沉重重走出来的是同志看战友。轻轻松松走出来的是僚属看长官。快快活活走出来的是副职看正职。嘻嘻哈哈走出来的是冤家看仇人。"

六十七

小菜市场路上，自行车撞髋骨从背后射出来，猛蹬驰去，吓得Y太太心头怦怦跳。归家入厨，菜篮一丢，怒骂："骑车不出声，背后撞上来，就像一条偷咬人的恶狗！"Y先生放下扫帚说："这是诗的比喻。"Y太太遂消气，着手洗菜，微露笑意。

六十八

惊年岁之既暮，恐名声之不立，Y先生饭桌上试探说："准备写一本《秘书学入门》，二十万字。"儿女凑趣，都说一炮就能打响，肯定畅销。Y太太不表态，低头刨饭，碗筷有声。Y先生欲启发Y太太，便说："每一个成功的男子汉，背后都站着一位伟大的女性。"Y太太冷冰冰宣布说："我也准备下海，赚个十万八万。"又嬉笑对Y先生说："每一个成功的女强人，背后都站着一位伟大的男性。你说是不是呀？"儿女捂嘴忍不住笑。Y先生只好讪讪地撤退，连吃三片肥肉，不谈著书立说。

六十九

一位女同志，"文革"初期和Y太太同在一个红卫兵组织搞宣传，曾经揭发Y太太恶攻罪，整得死去活来，现今跑来道歉。Y太太说："我不恨你。我也背后整过人啊。就像打老麻将，那些年家家做自己的门前清，哪顾他人死活。整了人能后悔就是善人，不悔才是恶人。你不嫌弃我，常常来玩吧。"她俩遂复旧交，好生欢喜。

七十

有Y先生的同窗旧友，年届半百，鳏独已久，准备续弦，来请Y先生夫妇参谋。Y先生不了解女方。Y太太了解，打趣说："给你道喜。她看上了你的三高。"客自谦说："我身材矮，级别又低，收入也少，哪算得上三高。Y妹子，你别挖苦哥佬倌吧。"Y太太说："看上你的高楼，高龄，高血压，望你早死，那女市侩！"客猛惊，事遂寝。

七十一

Y 太太出公差去北京，归来路遇，拉住我说："首都七日游，不走长安街，不看纪念堂，也不逛王府井，更不排肯德基，早晚我尽拣些小胡同窜，其乐无涯，快哉快哉。"我警惕问："你又在取笑我？"她恳挚答："我在说我自己。"我考问她为何尽拣小胡同窜。她窈声窈窈地吟诵道："旧国旧都，望之畅然。"我懂得这是引《庄子》金句，大受感动，当即表示要送她一本《庄子现代版》。她大笑说："我也学会表演玩深沉啦！"这时候 Y 先生注解说："老瓜瓜，她在优你。"气得我回头走。

七十二

某饮料厂与某医院联合研制出一种补脑液，请 Y 太太命名，兼拟广告标题。标题拟成，一句两行："让一部分人先聪明起来，请服用诸葛亮补脑液！"经理满意，酬四百元。Y 太太收了钱道了谢，苦笑说："大部分人恐怕要永远愚蠢下去了。"

七十三

Y 太太说："一个人的思想观念跑到了自身处境的前头，好比半夜醒来坐等天亮，他就会很痛苦。反之，思想观念落到了自身处境的后面，好比天亮还在蒙头酣睡，他就很幸福了。"

七十四

娘家有贤侄做生意，与一官吏合伙盗版海外音像制品，被查获，罚重金，跑来诉苦说："幺孃，你是明白人。侄儿我损老外，不损自己同胞嘛；挖的是霸权主义墙脚，不是社会主义墙脚嘛。"Y太太安慰说："对对对，说得对。你和那些奸商大不同嘛，你是爱国主义奸商嘛。"

七十五

Y太太父亲的老同事某胖伯伯九十大寿，小车塞路，贵客盈门。Y太太往贺寿，乘间叩问他哪年发胖的。答以六十一岁那年发胖的。Y太太眼珠转用心算，知道那是一九六六年，亦即"文革"爆发那一年。又风闻胖伯伯那些年很得意，不管天翻地覆，他都做不倒翁，一直做到退休。Y太太献辞说："伯伯从前是先天下之肥而肥，将来一定是后天下之……敬祝伯伯高寿！"告退后有贺客问Y太太："后天下之啥哟？"Y太太神秘答："说不得，老年人最忌讳那个字。"

七十六

一个提经理皮包的家伙来办公室接洽商务，谈妥之后，笑嘻嘻地走了。处长询问此人讲信用否。Y太太答："我认得这家伙。从前写诗，后来下海，现在发了。皮包里信用卡厚厚一摞，可惜人不讲信用。"

七十七

Y太太斜倚在沙发上，一边点眼药，一边听新闻。荧屏此时有医药局官员谈工作成绩。Y太太说："从前叫眼药水，现在叫明目液。从前每瓶二角五，现在每瓶二元五。"

七十八

Y先生说："竞技项目，各有所长。美国，篮球，拳击。俄国，女子体操。英国，橄榄球。法国，击剑。德国，田径。日本，相扑。西班牙，斗牛。蒙古，摔跤。中国，乒乓球，围棋。"Y太太说："乒乓球与围棋，早已pass。近年时兴三十六计加七十二变。"

七十九

来客枯坐无聊，收看天气预报，忍不住赞美说："这一个好漂亮！"Y太太说："是该换一换了。那个样样儿不好看的尽报阴天，阴天，阴天，还有小雨。这个漂亮的一出场，嗨，就晴了！"来客笑着反驳："天上还在下雨。"Y太太说："你的脸上。"

八十

受殡仪馆之托，Y太太代拟广告说词曰："活人进来，保证悲哀。死人进来，保证微笑。"

八十一

霜晨早早起，夫妻二人街头花圃呼吸新鲜空气。Y先生凝眸那些上班去的浩浩荡荡自行车洪流，有所悟说："我又发现一条规律。去得愈早，佳丽愈少。"Y太太说："那当然嘛。有几分姿色的都睡懒觉。她们上街亮相，通常一日二潮。早潮十点以后，晚潮天黑以前。我也发现一条规律。出门愈早，挣钱愈少。"Y先生笑着说："各人视点不同。"Y

太太说："你看美，我看钱。"

八十二

某某银行某办事处有个经济警察多次立功受奖，不意上月竟在郊外偷摩托被拿获。其妻跑来哭诉，状甚可悯。Y太太安慰说："本职工作一贯尽心尽力，他是业余爱好出了问题。"哭遂止。

八十三

诸人结伴周末旅游，宿郊县招待所。我早早起，去敲左邻Y先生门。Y先生半开门，揉睡眼问："你怎么醒得这样早呀？天刚刚亮，大家都还在睡。"这时候我听见Y太太在床上嗔骂说："难怪这人瘦得像根干豇豆！"

八十四

Y秘书受命写一篇悼词，悼公关醉死者。稿成，Y太太替先生加一句"他牺牲在自己的岗位上"。Y先生大悦说："画龙点睛！画龙点睛！"

八十五

周末之夜，Y先生怒，戟指荧屏，大骂广告："又在骗人！又在骗人！"回头对太太喊："你快看呀！"Y太太仍然斜凭在椅背，闭目养睛，状甚悠闲，轻声说："聪明人不看。"

八十六

Y太太高跟鞋下石阶，一脚踩虚，扭腱拧筋，轻伤膝部关节，就近往求草药摊上江湖郎中。江湖郎中安她坐稳，左手按住她的膝盖，右手握紧她的脚踝，摇动之，旋转之，同时口中数着圈数。数到九，猛一扯，痛得魂飞天外，当即珠泪滚滚，大汗涔涔，直喊妈呀娘呀。江湖郎中教导说："要想好，别怕痛。"Y太太点头聆教了，呻吟暂停。这时有个驼背女人牙疼求治，极不耐烦。Y太太说："驼背我能医伸。"江湖郎中问怎样医。答："石碾压。"又问："人压死了怎么办？"又答："医伸了事，哪管死活。"说着又呻吟起来，一手揉搓膝部，一手摸钱付款。江湖郎中悟，不好多收钱。

八十七

Y 太太听老学究讲解了《说文解字》，跑去对邋遢婆娘说："懒惰二字本来都是女旁，真不该又改成竖心旁。"又跑去对一位炮耳朵说："原先我不懂威字为什么里面有一个女。现在，哈哈哈，我懂了。"

八十八

有女诗人号召中国作家奋起，争取在本世纪结束前，一举攻克诺贝尔文学奖，为我民族增光。Y 太太积极响应之，上书中央，建议各级政府设立打诺办，街道基层设立打诺小组。还推荐我当红星路二段打诺副组长。我风闻后，气得吐血，决定停止记录这蠢妇的言行，不再作《Y 太太语录》。

1994 年冬到 1995 年春作

假　的

　　今天输掉三块银圆，离开牌桌，杨三太太胖脸平添秋色，笑得不太自然，就像牙痛一般，哈哈打得很硬。婉谢了施老太太的夜宴，杨三太太慌慌忙忙跨出施家公馆大门，察觉天快黑了，小巷尽头昏昏一盏路灯亮了，怕回家迟了，杨三先生饿了要拍桌子。她的夫君杨三先生在银行供职，银行襄理便是施老太太的夫君。杨三太太礼应施老太太之邀，来打打小麻将，其故在此。"山羊遇到老狮，该我倒霉！"杨三太太这样一想，赌咒发誓再不上施老太太的牌桌。

　　"站住！"对面一声喝叫。

　　杨三太太一惊，看见一个男人握着一支手枪乌亮亮的，急步紧逼而来。

　　"金膀圈抹下来，快！"那个男人摇晃着手枪说。

　　杨三太太前后一瞥，小巷寂寂无人，她要呼救，奈何枪筒已经戳到胸部。那个匪徒左手持枪，戳痛了她的胸窝，右手一把捏紧她那肥白如瓠瓜的膀膊，狠抹金膀圈，抹得她好痛哟，我的天！她听夫君说过，《社会日报》登过，有那些拦路抢劫金镯圈的匪徒，不耐烦慢慢抹，用刀砍断女臂，血淋淋的，提着便跑，痛死人了，我的天！

杨三太太明白自己身无长物。这一对镯圈是赝品，铜胎镀金的，不值几个钱。她害怕被误会，赶快高举两臂，乱顿双脚，大叫："假的！假的！假的！"匪徒一怔，缩足退行两步，手枪一丢，丢入路旁的阳沟里，回头便逃跑了。

匪徒跑出巷口，看不见背影了。杨三太太慢慢放下两臂，斜眼偷瞟阳沟里的手枪。瞟了好久，见那玩意儿并未砰然打响，她这才放心了，舒一口气，双手揉着胸窝呼痛。

巷口有人快步走来，一名黑衣警察。

"你在喊？"警察问。

杨三太太点头想哭，揉着胸窝，吞吞吐吐说了经过情形。说的时候，眼睛盯着巷口，生怕匪徒提刀回来。警察问枪丢到哪里去了，她指指路旁阳沟。警察拾起手枪，掂掂重量，翻来覆去审视一遍，嘟哝道："难怪听见你在吼叫什么假的假的。这手枪是假的，木头做的。"然后问明遇劫者的姓名、年龄、住址，便叫她快回去。

结局意外，警察坐牢。他的长官诬他谎报案情，说他卖了真枪，用一支木制假枪来搪塞。"唉，怪事多，旧社会！"小杨一声喟叹结束故事。我和小杨同在一间办公室上班。小杨的老母就是三十五年前的杨三太太，至今健在，仍然爱打麻将。

有一个星期日，我应邀去杨家，有幸见到杨三伯母玉体高胖。听她讲话，语音洪亮，想象她年轻时大叫"假的"于小巷内，是怎样震慑了虚怯的匪徒。饭后，杨三伯母提议打打麻将。小杨夫妇附和。三缺一，我只得敬陪了。杨三伯母拿出扑克牌代替钱钞，分发给我们，说是这样打牌才有味道。于是洗牌声中夹杂着她老人家笑语："刘同志，你该给我十六元哪！""老大，我该补你两元五角。你数一数！"牌桌上好不热闹。室外临阶做假期作业的小孙女探头入内，低声警告："不许赢钱，奶奶。"杨老伯母愤愤然叫起来："假的！假的！假的！"引得我大笑了。

1984 年春

郊原愿闻四声鹃

佺儿来报告说："怪事，城里看不见一只麻雀了！"问哪去了。答逃亡了。我这才注意到，往年阳台常常有麻雀来，近两年不来了。闻讯惊忡，若大难之将至。读者放心，此非地震前兆，切勿传讹自扰。现代大都市很少见麻雀，早已不是新闻。百丈红尘，千街废气，难容鸟类栖息翔翔，亦意料中事也。更有"热岛"罩城，酸雨杀树，一年比一年更厉害。人都受不了煎熬，何况小鸟。

半个世纪以来，成都平原生态环境恶化之速，刿目痛心。原有物种消失之快，也许为望帝以来数千年之所未见。五十年代初期，半夜醒来还能听见屋上鸦鸣，早晚抬头还能看见满天鸦阵。中期，宅院高树还能听见几声鸟啼，环城河上还能望见鹯鹰旋翔。六十年代初期，近郊水田尚能偶见白鹭伫立，农民犁田犹有乌鸦随后啄虫。三十年后都不见了，如郑国樵夫之失鹿，疑其似梦非真。

算来最后一批从城里撤退的野鸟应是麻雀，可敬的小麻雀。这些鸟儿忍受着废气与噪声、酸雨与毒尘，坚持到最后才悲壮逃亡。我们不懂鸟语，不晓得这些小鸟逃亡前给过人类什么警示。便懂了，也听不进去。各人要发财，谁管"民胞"。大家要效益，谁顾"物与"。个人的精明，集体的糊涂。眼前的甜头，身后的苦果。有谁想过生态环境这样恶化下去，终有一天要轮到我们自己从城里撤退！

回忆从前，与鸟共生，多么美好。我首先想起的是杜鹃，传说此鸟是蜀王望帝的归魂所化。三声杜鹃"桂桂阳"，凄凉哭唤。四声杜鹃"快点包谷"或"快快割麦"或"插禾打麦"或"幺姑包脚"，啼声清亮，竟如人语。望帝魂归的传说包含着浓厚的蜀国乡土之爱，童年听了，到老不忘。想再听一回，成都平原上早已不闻了。玉垒山那边或许能听到？

四声杜鹃以及三声杜鹃之外，还有一种啼两声"姑哭"的名"大杜鹃"，又名"郭公"，又名"布谷"。这种大杜鹃的啼声正如英语 cuckoo（杜鹃），古人所谓"其名自呼"是也。杜鹃科的种类繁庶，不及细说。其共性是在我蜀国平原皆属候鸟，春末夏初从山中来，寄栖在密林的枝叶丛稠之处。专食毛虫，尤嗜松毛虫，所以是益鸟。只是羽毛色泽深黯，不逗人爱。其中鹰鹃一种还带凶相。夏末回山中去，由此附丽"望帝隐于西山"之说。古人称杜鹃为蜀魄鸟，是悲剧的象征。

但愿年年暮春，杜鹃能够回来。不敢进城，飞到郊区唱唱也好，让我蜀国子弟重温望帝传说，爱我平原乡土。四声杜鹃催促农事，提醒蒙童：白米出自稻田，不是粮店造的。怕你吹得再热闹，饿了还是要吃饭，这才是硬道理。

今应《成都晚报》副刊编辑之约，文友江沙、林文询、贺星寒，加一个我，四人共耕一块栏田。商量取栏名，"四家村"不好（"三家村"就没有好下场），"四人帮"更不好。想起"快点包谷"那清亮的啼声，定名"四声鹃"，特敬告读者。

1995 年 3 月

打菩萨和塑菩萨

　　六十年前，读小学国文课本，见孙中山幼时率村童打菩萨，大快我心，认为这就是革命了。成年后，读历史，自然向往洪秀全的"太平天国"革命。遥瞻之，遐想之，好热闹，好伟大。迨至读完五十年代初期神州国光社出版的《太平天国史料》厚厚六卷本，始启疑窦。要说打菩萨，古今没有哪个政权比"太平天国"政权打得更痛快的了。自从一八五一年金田村起义，太平军北伐，由广西而湖南，由湖南而湖北，北伐转东征，由武汉而安庆，由安庆而南京，一路上见偶像就捣毁。他们信奉拜上帝教，只拜正神上帝，不拜教外邪神。不拜就不拜吧，为何要打？因为《圣经·旧约·匝加利亚第十三章》写得明白："万军上主的断语——我要由地上铲除一切偶像的名号，不再为人所记念。"所以他们见偶像就捣毁。岂但佛寺的菩萨要打，道观的老君，文庙的孔子，武庙的关公，城隍庙的阎罗天子，土地庙的社公社婆，都要打光。岂但泥塑木雕必须捣毁，画像也要撕毁。毁了多少文物，谁谴责过！革命嘛，打烂一些瓶瓶罐罐，在所难免。这样想了，仍难释疑。三教都铲除了，却又去搞巫术，类似"下阴""观花"迷信活动，由洪秀全宣讲昨夜梦见天父上帝怎样指示，天兄耶稣怎样训示，由杨秀清当场表演圣灵附体，瞑目蹬脚，用上帝的口吻和声音讲话，所为竟何来耶？

更可疑的是又画了一幅偶像来供起。戴莲花道士冠，穿八卦道士袍，从前都当是洪秀全肖像，后来考证又说是画的天德皇帝，全名称是普理玺天德皇帝，既非洪秀全，更非杨秀清，不是人，而是神。这神从哪来的，不但太平军战士说不清，后来的考证者也解不透。原来这"普理玺天德"是英文 president 的音译，是总统。总统皇帝是神，食洋不化，可笑也已。菩萨打了，还是有神论。儒、释、道铲除了，却回到巫术迷信。这到底是进步还是退步？

回想五十年代以来，大打菩萨之事，我已见过两次。一次在一九五八年"大跃进"，说是破除迷信，城乡小打。据说泥菩萨捣碎了可熬硝，岂但解放精神，而且获得物质。二次在一九六六年"文化大革命"，全国大打。庐山寺庙不存一座佛像，可见一斑。全国各省打得最彻底最干净的是江西。吾蜀落在后头，幸哉幸哉。

走马灯如今又转到修庙子了，真是天道好还。吾乡居士婆婆四出化缘，募得钱财，在公园内新建佛寺，新塑菩萨，令我感动。寺名"寿福"，我为山门题联："慈爱万物，同登高寿；善安百姓，共享厚福。"开光之日，甚是热闹。各地旧有菩萨，不过打百塑一而已，就有先进人士出来指责说："钱不拿来办学，拿去修庙！"竟然不晓得各是各的钱。当初打菩萨时，有谁出来哼半声呢。可怕的浩劫，不是从打菩萨开始的吗？

我读佛经，不信佛教。虽然不信佛教，看见庙子内还有菩萨在，我就觉得安全。我不主张大塑特塑，到处乱塑，但反对打。《易》曰："履霜，坚冰至。"一旦打起菩萨来，大灾大难就要接踵而至了。

1995 年 3 月

还是邱永汉赚钱

所谓千秋，挂在嘴上说说而已。人生短暂，百岁已难。除了缥缈的仙人，谁能身历目睹十个百年？且慢，这回我也许说错了。现场脚下所履，长长一带深坑，坑底刚掘出的一条唐代的下水道，便是看得见摸得着的"千秋"。如果是初唐的遗址，这就该是一千三百年前的旧物，如果是五代十国后蜀的，也上千年了。这里是成都市科甲巷建筑工地。我来时，天已晚，掘土工人都下班了。先是台湾有大老板邱永汉集团，投资物业，拆掉大片街坊，要建高层商厦。地基挖到深处，挖出下水道来。一番考古发掘之后，了不得，竟是上千年的古迹。古迹理当保护，不敢乱动，建筑施工也就不得不搁浅了。眼前的问题是：高层商厦还修不修？《邱永汉赚钱丛书》的作者，那位大老板，到头来会赚呢还是会赔？

俯身佝背，细看这千年前的城市下水道，既熟悉，又陌生。熟悉的是青砖，墁砌严密，古今无异。陌生的是人事，那些不可复生的泥匠，那些无法再现的街景。下水道暗示着当时城内水多，这里淙淙，那里汩汩，润人目，沁人心，多美，多好。成都街道名字与水沾边的有三桥、青石桥、玉带桥、桂王桥、平安桥、天仙桥、落虹桥、一心桥、半边桥等等，以及白家塘、王家塘、方池、莲池、塘坎等等，如今都成"虚名误"了，哪见半滴水呢？沿着下水道走，又细看了一口砖砌水井，甃工精致，令我赞叹。水井所在，想必是临街的院宅一角。当时该有婢女在此浣衣，炊妇在此洗菜，平凡琐屑，亦似今日。她们的絮絮叨叨，肯定不会涉及千年后科甲巷的高档服装和邱永汉的宏图伟业。我思古人，古人不可能想到我。从她们当时的浣洗到我此时的徘徊，"事去千年犹恨短"，令人惆怅在黄昏里。

下水道毕竟是下水道，比不得威风的兵马俑。水井毕竟是水井，比不得伪凿的薛涛井。泥匠毕竟是泥匠，比不得跑堂的司马相如。婢女炊妇毕竟是婢女炊妇，比不得卖酒的卓文君。虽是古迹上了千年，但是缺乏观赏价值，所以现场冷冷清清，除了我辈老迂，无人跑来围看。一般情况而言，古迹不论真伪，总要能引人想入非非，才有卖相。设若现场明日挖出一只金马桶，经考证是前蜀皇帝王建的，那该多好。又设若再挖出一通碑，写明摩诃池，后蜀皇帝孟昶携花蕊夫人在此纳凉，那就更好。赶快规划设计，重掘池塘，新修宫苑，开发为观赏园卖门票（金马桶卖二次门票）。这是古迹，高层商厦不准修了。白挖基脚，邱永汉集团合该赔本了。奈何这是幼稚幻想，一触即破。一段下水道，一口井，毫无卖相，怎留得住？我看邱永汉终归要赚钱。

千年前曾有泥匠以及婢女炊妇在此留迹。千年后谁晓得邱永汉何物哉！我最后这样想，聊抒不快以自慰吧。

1995 年 5 月

感伤的红蜻蜓

听唱一曲《红蜻蜓》，好感伤！缓调回环，悲童年之不再。首段歌词："晚霞中的红蜻蜓，请你告诉我。童年时候看见你，是在哪一天？"有问无答，暗伤昔年小孩今已成人，记忆模糊不清，早就想不起初见红蜻蜓是在哪一天了。但是还想得起那时候三五结伴，下河去游仰泳，上岸来捉蜻蜓，何等好玩。捉蜻蜓，右手臂顺时针旋转着划大圈，对准那停歇在芭茅叶子尖尖上的一只蜻蜓，缓缓移步，轻轻逼近。为啥手臂要这样划大圈，我研究过。蜻蜓生着复眼，能全方位观察动静，无论你从哪个方位伸手去捉，它都要飞。你若是划着圈逼近它，它便朦胧看不清你。愈逼愈近，圈也愈收愈小。小到离它七八寸了，一把抓去，包你活捉。此法验之不爽。奈何童年之乐一去不返，我不能再到河边去旋臂划圈了。

昆虫纲蜻蜓目可分两大类。第一类通称为蜻蜓，第二类通称为豆娘。蜻蜓在四川俗名丁丁猫，有红的黄的麻的三种，皆益虫。停歇枝头，平展两翅，像篆文的"丁"字。篆文"丁"我认为是象形字，也就是"蜓"的本字。丁丁者，蜓蜓也。以其捕蚊蚋如猫捉老鼠，故名丁丁猫。豆娘俗名七姑娘，色暗蓝，状娇弱，停歇林间，叠合两翅。一个平展两翅，一个叠合两翅，是蜻蜓与豆娘最显著的区别。英文称蜻蜓为 dragonfly，龙飞虫，妙。顺便说说，还称萤虫为 firefly，火飞虫，还称蝴蝶为 butterfly，奶油飞虫，也妙。此三虫者皆旧时儿童醉心之宠物，现今城里再也看不见了。岂止庭院里看不见，花园里也看不见呀。蜻蜓啊萤虫啊蝴蝶啊，你们飞到哪里去了？没有你们点缀，童年岂不褪色？你们还能飞回来吗？

再听一遍《红蜻蜓》，又添一层感伤。原来失去了童年的不只是你我他，全人类都正在失去童年。这个世界上普遍地推行工业化以来，人类就在以牺牲兽类鸟类鱼类爬虫类昆虫类为代价，换取自身物质享受，制造生态灾难了。工业化使人类失去童年（说好听些，叫告别童年），走向成熟。这是莫可奈何的事，所谓时代进步，社会发展。我在这里枉自"反动"一阵，也是白费气力。气力虽白费，我也想点醒这一个真相：经济高增长率，那美妙的数字，掩饰着人类对鸟兽虫鱼的谋杀。很难说这是仁，这是义。而且，排除仁义不说，光说可能给未来造成的恶果吧，也很难说这是智。小孩们得到了游戏机，失掉了蜻蜓、萤虫、蝴蝶；得到了幻影，失掉了活虫；得到了打斗之乐，失掉了"穿花蛱蝶"和"点水蜻蜓"以及"萤焰高低照暮空"；得到了科技，失掉了诗。他们永远不可能再享有我曾享有过的童年之乐了，悲哉！

1995 年 4 月

脱了裤子割尾巴

　　国骂之精粹在吾蜀，内容多涉性事，往往旁扯狗类。常用动词有一个 rì，此字写不出来，蚩氓借用"日月"的"日"以充替之。在下研究《说文解字》，注意到一个今已停用的古字，左边一"也"，右边反文，音义同于"布施"的"施"。前辈文字学大师杨树达著《积微居小学述林》认为，"也"字既像女阴之形，反文又具用力之意，那么此字就该是国骂的 rì 字了。其说可从。不过后学的我认为也有可能是本义为雄性器官的那个"势"字。骟畜生曰"去势"，"势"为何物，不言自喻。名词的"势"如果作动词用，恐怕就该是那个 rì 字了。读者原谅，我非故意展示秽词。"一事不知，儒者之耻"，不得已嘛。

　　然后说骂人旁扯到狗类。北人骂"狗养的"损伤你母亲，川人骂"狗 rì 的"损伤你父亲，皆是扯着狗来骂人，都属明骂。明骂骂在明处，一听便懂。暗骂则如法国诗人马拉美之论诗，"当以暗示出之"，听了还须想想，才得明白。例如你夸自己身高，他说你坐着比站起更高。又例如你在野地屙尿，他喊你"右脚提起来"。再例如你倨傲，他骂你

"翘尾巴"。这些都属暗骂，意象之中隐隐约约有狗在焉。吾国诗艺发达，用之于骂，便有暗骂一枝独秀，代代相传。

想起我年轻时，五十年代初期，投身思想改造运动，上头号召"脱裤子，割尾巴"，我也热烈响应。要割掉的尾巴在这里是象征，指喻我们头脑中形形色色的非无产阶级思想。那些思想非常可恶，如狗尾附人臀，必须包羞忍痛自己割掉，方能不断革命，直达共产天堂。就自身而论，思想改造便是一个从狗到人的大转变过程，光荣得很。怕羞护痛，不割尾巴，终有一日被"砸烂狗头"，则悔之晚矣。与其将来砸头，不如现在割尾，抢先承认自己人模狗样，老老实实痛痛快快咔嚓一刀，过关大吉。特别是家庭出身不好的，非承认自己臀部有尾巴不可，否则休想混过关去。

狗抗议说："你们思想改不改造，关我们的屁事！请不要扯着我们说！"

我回答说："哈！你不吠，我还想不起来。你一吠，我就想起来啦。我们为啥要剁掉你们的尾巴，你们心头明白。你们中间有些败类，凶猛异常，见陌生人便扑去咬。那好，拖来剁掉一截尾巴，很快就能改恶从善，不再犯错误啦。此事与我们相类似，所以不得不扯着你们说。好在割尾事件，在你们，在我们，皆成历史，无深究之必要，亦勿需抗议了。"

狗割了尾便不咬人，虽然是宝贵的一条经验，毕竟早已过时，不再具有实践意义。我目睹的最后一只剁尾巴狗，已是半个世纪以前的了。记得那是故乡街上一只白狗，胖胖的，懒懒的，不吠不咬，不欢不跑，状似宫廷太监，被人叫作"菜狗"，活着待屠。狗生无趣，莫此为甚！哪赶得上如今的狗，又有猪肝吃，又有牛奶喝，还有太太小姐抱，还能参加选美哩！

1995 年 4 月

小小汤圆悟大道

天朝心态皇帝有，官吏有，无权无势的老百姓也有。犹记吾乡百姓编故事笑洋人吃汤圆，说那钩钩鼻子轻轻咬开，拈在眼前逼视许久，见汤圆皮子内外皆无包合的痕迹，便探问汤圆心子是怎样弄进去的，惹得天朝百姓笑他愚不可及。事过五十年之久了，到现在我才想起真该问问为什么汤圆上不留一丝一毫的痕迹。今试答之。

糯米磨细，做成汤圆粉子。调水挼匀，捏成汤圆皮子。本来是散粉，风都吹得跑；调水一挼，就"团结"起来了。水能使散粉微粒变糍，粘成一团，正如共同利益能使群氓齐心，结成一帮。对那千万微粒而言，水就代表共同利益。无水则无汤圆皮子，所以君子不耻言利。然而，汤圆皮子包了汤圆心子，轻轻搓圆，仍有包合痕迹俨然分明。必待投入沸锅煮熟，痕迹方能消泯不见，达到真正"亲密团结"。这是因为加热促使分子剧烈运动，重新组合，融成"无间"状态。沸锅在这里代表什么呢？代表共同热情。先有了共同利益，后有了共同热情，义利俱备，缺一不可，这种团结方能持久，不会破裂。

不过实际操作起来，偶有汤圆不幸破裂。原因有二：一是没有遵嘱"轻轻搓圆"，你搓重了，致使皮子某处太薄，一胀就破；二是你扭炉火太旺，沸水滚滚，热情过头，一冲就裂。无论哪一原因，只能怪你想吃汤圆心情太急。急则不耐烦轻轻搓，急则不耐烦小火煮，皆必贲事。欲速则不达嘛。

且说汤圆下锅即沉，沉底不动如潜伏之间谍，火候一到纷纷浮上水面，各自游弋转圈，互相挤撞，活泼好玩。可就是不翻身，北半球老在上，南半球老在下。这样下去，北半球温度低，永远夹生，南半球温度高，必定过熟。正在犯疑，哈，忽然一个个相继翻身了。原来汤圆有灵，晓得自己翻身。其实很好解释。北半球温度低，膨胀少，比重大。南半球温度高，膨胀多，比重小。轻重岂容长久倒置，火候一到，在上的一面翻下去，在下的一面翻起来，乃自然之理也。过几分钟，一个个的又一次翻身了，南北易位。过几分钟，再次翻身易位。四翻五翻之后，南北两半球同步被煮熟，绝无夹生之虞，亦无过熟之忧。啊！自然之理，即大道也，汤圆都服它管！

吃汤圆总希望皮子薄心子多，殊不知皮再薄总不能薄过某一极限，心再多也不能多过某一极限。超过极限，下锅会烂，让你空喜欢。人间万事莫不如此，你不可能两头的好处都攫到手。

汤圆要好吃，可蘸白糖脂麻酱。里应外合，当场奏凯。最后，劝告教条主义者切勿吃汤圆，因为地球上找不到真正圆球形的汤圆。地球本身都微扁其南北两极呢，何况小小汤圆。

1995 年 5 月
中国愚人节一日写成

古之坐跪走跑跳

话及白居易诗，客问"可怜九月初三夜，露似真珠月似弓"的"可怜"二字是何意思。他不晓得古人说的可怜就是可爱，怜者爱也。这和今人说的可怜兮兮大不相同。语文古今之变，多有出乎吾人之意料者，试举例以言之。

例一，坐。坐字之形，二人土上对坐，不是坐在椅上。椅字原本指山桐树，亦即今之水冬瓜树，非坐椅也。坐椅之设，始于残唐五代，是从西北异族引进来的。字初作倚，后挪用山桐树之椅来代替倚，椅字的原义遂被暗杀了。北宋丁谓《谈录》记载窦仪堂前设有两具雕花椅子，供长辈坐。奸臣蔡京坐太师椅，显示豪贵。可知当时平民仍旧坐在地上，或是炕上。地上怎样坐呢？南宋朱熹在成都的文翁石室见过浮雕，刻有师生坐地讲课听课的场面。据朱熹记载，是这样坐的：跪下去，尾椎搁置在双脚后跟上，两手放在腿上，上身直立，没有靠背。这和今人的坐姿相去太远了。"文革"中我多次被罚下跪，古人看见，会说这是坐在地上，够不上罚，反而是优待呢。如果此时打手叫道：

"跪好!"我又作何动作?

那就转入例二,跪。我当时吃一惊,尾椎赶快脱离双脚后跟,重心移到双膝,全身呈大写英文字母 L 状,或木匠矩尺形,这便是真正的跪了。不过古人仍然要说:"这叫危坐。"危者高也。上身较之安坐耸高了也。危坐即跪。有长辈或贵人进屋来,凡安坐的都须赶快危坐,以表恭敬之意,正如我们臀部离开椅子,站起身来。当然,说跪是罚,也通。今人也有罚站的嘛。古人席地而坐,坐姿由安坐改变为危坐,亦易事耳,非耻辱也。后人高坐椅上,下跪便矮一截,口对贵人之胯,所以表敬意的危坐成了下矮桩的耻辱。古今不同,不可不察。

例三,走。古人说走,今人说跑。成都有走马街,旧时跑马地也。陆游的"当年走马锦城西"是写青羊官赶花会,骑溜溜马小跑。此风俗一直延续到五十年代前。走狗,猎户搜山狗也,追逐狐兔,必须快跑,这也是用走字的古义。贾宝玉奉父命即席做诗咏姽婳将军,想出一句"明年流寇走关西",众清客皆称善,因为走字用古义便显得典雅。这时你会问了:"走就是跑,那跑又是啥呢?"

例四,跑。宋词咏马的有句云:"跑沙跑雪独嘶。"写马迷途,引颈长嘶,以蹄刨沙刨雪,踟蹰不前。古之跑,今之刨。名胜有虎跑泉共三处,都传说是老虎用爪刨出泉来。吾人双脚刨地成步,便是今之跑步,而跑字的意思也就从脚刨地转换为跑行了。

最后例五,跳。《汉书》有跳字,乃今之逃字,非跳跃之跳也。跳跃之跳在《汉书》上只作趯字。趯字的意思如今已被跳字抢去。语文古今之变,使某些字徒存躯壳,而灵魂(意义)被偷换,正如寄居蟹占据空贝壳,又如新官员接管老衙门。语文现象,自然现象,社会现象,如此相似,亦颇有趣。

1995 年 5 月

市美轩题壁

市美轩是成都市华兴正街（古名皇华馆街，取义《诗经》"皇皇者华"优待四夷。曾有清朝地方政府所设少数民族招待所在这条街，故名）的一家中档饭馆。我年轻时常在此吃饭，喜其物美价廉。犹记当时盐煎肉每份三角二分，咸烧白二角二分，锅巴肉片六角，皆大众菜也。饭馆格局，内堂光线暗，油烟重，一例方桌长凳。临街炉灶蒸笼，专卖蒸菜。炒菜炉灶则在内堂深处。今已现代化了，旧踪迹消亡了。

经理文瑄嘱予写字，"提升店堂文化品格"。乃作口语五言一首，顺口溜吧，写在四尺宣纸，作屏风用于店堂口，或可招徕顾客。诗如下：

民以食为天，
食以民为铨。
百姓所称赞，
物美且价廉。

白肉拌斋蒜，
腰花炒猪肝。
落座便可啖，
爽口即为鲜。

鸡丁说宫保，
豆腐话淮南。
锅巴烩肉片，
炸响满堂欢。

嗟彼千金宴，
凤牝配龙鞭。
宴毕肚未饱，
花些冤枉钱。

唯食可忘忧，
唯肉可延年。
能吃你不吃，
齿落吃铲铲。

我来市美轩，
青春想从前。
幸哉胃口好，
饕餮喜有缘。

光阴易过，一晃就五年了。前不久友人告知，有东北某市开饭馆者出价一万要买，文碣不卖。盖以友谊为重，非市侩也。予甚铭感，特记如上。

2001 年 1 月在成都

庄子发挥二十三题

鹏飞也不逍遥

国人取名鹏者不少。张王李刘百家诸姓皆可缀一鹏字，取成单名，以为嘉祥。复名鹏飞、鹏高、鹏举、鹏远、鹏翮、鹏程、一鹏、大鹏、小鹏、征鹏、学鹏之类亦多有之。最可笑者初中毕业屁事不懂，同学间互相题纪念册，也晓得写"鹏程万里"。"文化大革命"来了，有那些取名富贵君臣修美字样者纷纷破四旧名字，唯取名鹏者皆安然无恙，不算四旧，因为伟大领袖做诗填词用过鹏字。鹏之高飞，前程远大。取名为鹏，家长有厚望焉。鹏之意象，早已纳入中华文化传统，成为公共精神财富。穷鬼庄周活到今日，一定会去申请专利，因为这个意象原属他的艺术创造，版权归他享有。用鹏为名，得先付酬给他。不给钱，他要告。

那么列子呢？列子书上不是早就写过鹏吗？

是的。《列子·汤问篇》确实写过鹏。论人，列子比庄子早。论书，《列子》比《庄子》晚。《列子》被怀疑为后人伪作，属于打假对象。《列子·汤问篇》写的那个鹏是从《庄子·逍遥游》抄袭来的。

先秦儒家典籍有凤，无鹏。固然，有个朋字，那是凤字的古文。《说文解字》认为鹏就是凤，其言曰："凤，神鸟也。""出于东方君子之国，翱翔四海之外，过昆仑，饮砥柱，濯羽弱水，暮宿风穴。"可知凤是东国飞西山，而鹏是北冥飞南冥，各不相同。何况"鹏之背不知其几千里也"，躯体比凤大亿亿倍，哪能是文绉绉的凤呢？鹏是庄子奇丽的想象物，长鲸变成的大鸟，双翅拍海水三千里方能起飞，然后驾乘龙卷风，盘旋升空九万里，活生生的宇航母舰，怎样的壮观啊！

难怪二千三百多年之后，至今还有那么多人取鹏为名，认鹏为伟大的象征，望子成鹏。可叹的是他们都不读《庄子·逍遥游》，或读了而未懂，所谓拿起半截就开跑是也。如果懂了，就会明白，庄子眼中，夏蝉、斑鸠、鹌鹑之流短程飞翔固然可笑，大鹏长程飞翔同样可笑，便是列子乘风旅游亦可笑也，因为他们都"有所待"。所待者何？待空气的浮载，待风。立身处世，若有所待，便不逍遥，也就是不自由。见那大鹏高翔远鸞，以为这是逍遥游了，纯属误读。《庄子·逍遥游》中清清楚楚，只有那些对人一无所求，于人一无所用，远离红尘的高士，才算真正的逍遥。

国人深受儒学浸染，厚望子孙立大志做大官。赐以嘉名曰鹏（也有曰龙曰麟曰骏的），本来就是断章取义，用其所需，故意误读。是的，他们故意误读，儒学有此伎俩，何况更多的人根本不读。我在这里纠正他们，未免太书生气了。

飞仙仿佛外星人

道家始祖老聃谈哲，不说神仙。神仙之说从何处来？或以为来自齐国濒海地区，说是海边看见蜃景，猜想海上仙山，便臆造出神仙形象。神仙形象深深印在吾人脑幕，构成三魂之一。仙魂梦想长生不老，官魂渴慕富贵荣华，匪魂准备造反为王。此三魂者，轮流坐庄，支配吾人一生，莫不如是。秦皇汉武这类独夫，迷信暴力的同时，还迷信神仙的存在，足见神仙之说是如何得势了。那么神仙是何模样？

神仙，我心目中，就是鼎湖飞升的轩辕黄帝、御女人功夫好的容成、汉武帝拜见的西王母、骑鹤的王子乔，以及《封神演义》打仗的神仙，以及过海的八仙。差点忘了，还有印象更深的一个白胡子老头儿，头戴鹖冠，身穿八卦道袍，手摇麈尾，川戏舞台上的神仙。这是近代的神仙形象。至于当代的活神仙，那些气功大师，玉照常见报刊，是何模样就不说了。

最早的神仙形象，窃以为当推《庄子·逍遥游》的神人。他们住在九州外北海中遥远的姑射山上，不食五谷，餐风饮露，或骑飞龙，或乘白云，遨游四海。完全出乎我的臆想，他们皮肤若白雪，肌肉若凝冰，不冠不袍，似乎穿着透明衣裳（不然怎见肌肤若冰雪呢）。尤可惊者，他们身躯柔弱，近似处女（会不会是中性人呢）。他们刀戳不入，水淹不溺，火烧不焦，真是特殊材料制成的超人。使人失望的是这些超人不想为人类服务，没有兴趣干预我们的社会生活。但是，他们具有特异功能，能用意念给动物治病，使五谷丰登。你不觉得有点像传说的外星人吗？

这个最早的神仙形象，恐非纯粹的艺术想象，或许有目击报告作依据吧。外星人从前到过地球吗？人类用外星人做原型，塑造了最早的神仙形象，又被庄子写入书中，这有没有可能？

《庄子·逍遥游》的神人，后来叫仙人，再后来合称为神仙。何以名之曰仙？平地升高曰山。下级以言犯上，曰讪。有人平地飞升上天，就是仙了。阅读飞碟案例，多见目击者飞升入飞碟之记载。古人若见这种异事，便说那人"仙去矣""升仙矣"。舞姿轻举，今说"飘飘欲仙"，正用仙字本义。现在神仙之说又热起来，活神仙挣大钱。偶见报刊广告，某大财团公司中榜书"偓佺佑之"。偓佺者，古仙人之名也。居士婆婆喊"菩萨保佑"，庶几近之。真热得发昏了。

洗耳与舔臀

对对子玩，"洗耳"可对"溜臀"。溜，河南土话，舔也。彼省骂小人阿谀拍马，曰溜沟子。吾蜀亦有此骂，曰舔屁股。前苏联大诗人马雅可夫斯基有诗骂彼邦之小人，也有"舔腰部以下"句，亦颇恶毒，可资玩味。舔臀之骂，在吾国骂典中，已臻极品，料不到这是庄子即兴之作。试想，有何骂词能流传二千三百年，广被华夏，共赏雅俗，如舔臀者？第一个挨骂的是宋国穷小子曹商，事见《庄子·列御寇》中。话说曹商出差秦国，嘴甜，讨得秦王欢喜，赐车百辆，回宋国夸耀，�庄子说："困守贫民区，打草鞋糊口，面黄肌瘦，若比这种本领，我确实不如你。不过，出国办外交嘛，会晤大国之王，后头就能跟回轿车百辆，若比这种本领，你就，嘿嘿，不如我了。"庄子一边打草鞋一边说："听说秦王生疮，背生痈，肛生痔。给背痈吮脓舔血的，每次赏车一辆。给肛痔吮脓舔血的，每次赏车五辆。你恐怕吮舔了二十次，不然怎赚得那么多车呀？你真行！"曹商听了有愧。若是现在肯定无愧，还会检举庄子语言污染。这庄子也真是一不小心便立言不朽了。

再说洗耳，也是庄子书中牵连出来的。今人说的"洗耳恭听"，不是洗耳朵碗碗和耳朵背后，而是洗耳内塞的脏话。脏话者何？《庄子·逍遥游》写尧帝让江山给许由坐，许由不坐，诙谐说："炊事员罢工了，神职人员也不至于下厨房呀。"意谓各有职守，倒不认为叫自己接班是脏话，亦未跑去洗耳。洗耳一事，首见赵岐《孟子》注释文内，显系艺术想象，平添趣味。后又有人再添趣味，说许由跑到河边洗耳，巢父正在饮牛，抗议说："你把水弄脏了！"当即牵牛走了。事见晋人皇甫谧《高士传·许由》。编这些笑话，间接反映了政治的肮脏，是后代的事。

古代生活简陋，尧帝茅草盖屋，土阶三尺（合今半公尺），没啥特权，值不得羡慕。许由或许懒惯了，怕挑重担吧。《庄子》有内篇外篇杂篇三部分。杂篇中有《让王》一篇，专写古代让王不做，让官不当，让爵不受，让地不争，让粮不食种种事例，皆可视为古代生活简陋的投影。庄周生逢战国乱世，举揭禅让美德，宣扬理想主义，也算是委婉的抗议吧。

天籁没有声音

半个世纪以前，川剧名伶天籁先生唱《长生殿》之唐明皇，其词云："秋光灿，碧澄澄，万籁声静。望银河，映北斗，点缀双星。"先生唱腔潇洒清澈，使你感受到秋风透脊凉，仿佛听见银河流水声。先生是读书人，取《庄子·齐物论》天籁一词做艺名，以表白艺术上追求自然。庄周发明此词以来，后人多用天籁指称大自然的声音，迄今如此。然而这是误读的结果。

籁是古之三管排箫，亦即《庄子·齐物论》的"比竹"，比排竹管而制成的一种乐器。所谓人籁，泛指人为的声音，例如语声、歌声、乐声、器声、车声、枪声。所谓地籁呢？庄周以风为例，说大地嘘气成风，风吹窍孔成响，这响声便属于地籁了。推而广之，大自然非人为的声音，例如雷声、瀑声、潮声、鸟声、兽声、虫声，皆得谓之地籁。可以这样说，人籁加地籁，包罗了地球上能听见的一切声音。人籁和地籁之外，天籁又是什么声音呢？《庄子·齐物论》的意思，天籁没有声音。天籁不是用耳朵聆听的一种声音，而是用心灵聆悟的一种存在，非常神秘。

天籁没有声音，这和老聃讲的"大音希声"不同。老聃的意思是一切事物推到极端便会逆转，正如大智近愚，大德不德，大音也就稀闻其声了。这是纯思辨的推演，亦并非无依据。如果要猴扯楼，还可以给"大音希声"找出物理学的依据——音频超过人的听阈，不是就听不见声音了吗？美化古人，以为今用，这也算一法吧。《庄子·齐物论》的天籁是冥冥中神秘的存在。用心灵去聆听这种存在，便能悟到庄周心中的上帝了，那就是道。在这点上比较老庄，老近唯物，庄近唯心。

天籁虽然没有声音，却隐藏在能听见的一切声音之中。无声依托有声，亦如意蕴依托事物。任何人籁地籁，其发声也，好像自由，貌似自主，实则皆有某种不得已的隐情，促使其发声焉。此隐情非天籁而何耶？钟声听见天国，潮声听见永恒，秋声听见杀戮，《二泉映月》听见莫可奈何，皆天籁也。你信仰它，它便是造物主，是天。你聆悟它，它便是大自然，是道。你阐释它，它便是知识，是学。你感受它，它便是艺术，是诗。但它毕竟不是一种声音。

常人欣赏优美的声音，动辄誉为天籁。其实皆属于人籁和地籁，不过比较悦耳而已。就是天籁先生的唱腔吧，若不听之以灵耳，亦无天籁可感受也。

环中与中庸

　　战国时代百家争鸣，一开口便大是大非，一交锋便你死我活。孟轲最会给人上纲上线，动辄骂论敌是禽兽。杨朱墨翟两家被他踢蹬惨了。《孟子》一书不骂庄周，真是怪事。朱熹推测说，"他只在僻处说"，未被孟轲听见。庄周当宋国漆园吏，管理林场，又不到外国去游说诸侯捞官做，所以知名度低，躲过了大批判。地位寒微，眼睛雪亮，他看透了儒家，特别是儒家的孟轲派，他们急功近利，以中庸判是非，横扫论敌，以霸腔唱王道，讨好诸侯。

　　儒家的立场，用直尺为喻。直尺横置面前，两端便是矛盾双方，各站立场，一左一右。左边的杀过来，右边的杀过去，都说自己代表真理。你是儒家，应该站在哪边？答曰：两边都不站，尺中点上，实践你的中庸之道。中则不偏，不偏就正确了。庸则不变，不变就坚定了。中庸乃儒家立身处世的根本守则。"执其两端用其中"，把握着左右两端的矛盾双方，采取中正态度，统而一之，调而和之，往往捞到好处。其实，直尺中点仅存在于几何空间，在现实斗争中，你只能一脚左一脚右，脚踏两只船，玩狡猾而已。中庸是典型的伪善经。经念好了，升官发财。经念坏了，左端骂你右，右端骂你左，左右不是人。此庄周之所不取也。

　　《庄子·齐物论》说立场，用圆环为喻。圆环悬浮面前，矛盾双方在圆环上打架，此追彼逃，此退彼进，其实在转圈圈。左边的忽然跑到右边去了，右边的忽然跑到左边来了，战无常垒，立无定场。你是庄周，应该站在哪边？答曰：圆环上站不得，因为环上任何一点都可能是矛盾双方中之某一方的立场。你应该站在圆环中央的虚空处，如门轴可以随意转动，以便取得三百六十度全方位视角。《庄子·齐物论》说把握"道枢"就是指站在圆环的中轴线上。枢者，轴也。你能"得其环中"便能"以应无穷"，此则"道枢"之妙用也，可保证你永远不站错队。但是，环中既然蹈空，蹈空则不踏实，不踏实则休想荣华富贵，正如只抱膀子不上牌桌，固可保证不输，然亦休想赢钱，有些像"文化大革命"的逍遥派，虽可少挨打，然亦无进入"革委会"之可能。自古到今，正人君子不取"道枢"而取中庸，其故在此。环中的中，中庸的中，各有所指。不过，有趣的是中字篆文是画一个椭圆（正圆从旁看去便成椭圆），圆面中心画一根垂直线，这正是用环中的概念来表达中的意思，似乎仓颉预先给庄周留下了一个启示。

道不明白是真道

崇尚自然，反对人为，让事物顺其自然地发展，勿去横加干涉。横加干涉，就是人为。人为，即伪。自然为真，人为为伪，所以庄周瞧不起雄辩术，《庄子·齐物论》说"大言不辩"。回想半个世纪以来，那些滔滔不绝说得莲花现的，多属巧言、佞言、伪言，害党，害国，害民。一九五八年秋，跟随革命同志去郫县参观水稻"放卫星"亩产四万斤，归途满车文士急着表态，争呼形势大好，妙语喧哗，谠言铿锵。唯有勤杂老钟反对浮夸做假，但他拙于言辞，说不出多少道理来，仅重复"这样搞不行"一句而已。这不是活生生的"大言不辩"吗？

"大言不辩"有两层意思。浅层，真话不需要雄辩来包装。深层，真话不可能讲得很流畅。"大言不辩"的上句是"大道不称"，也有两层意思。浅层，真理不需要宣传来弘扬。深层，真理不可能讲得亮堂堂。因为我们对现实的状况不可能摸得很透彻，所以真话不可能讲得很流畅。因为我们对未来的发展不可能测得很准确，所以真理不可能讲得亮堂堂。那些讲得亮堂堂的，描绘得很清晰，论证得很严密，不容置疑的"真理"，终被实际生活嘲笑，成为好心肠的梦话，空令后人浩叹，古今岂少见哉。所以庄周说"道昭而不道"，真理如果能讲得亮堂堂，那就非真理了。

试说诗学原理，此亦庄周所谓道之所在。道既可以在排泄的秽物（他说"道在屎溺"），也可以在诗吧。不然怎见其为大道呀。有些人谈"诗道"，娓娓忘倦，说得顽石也要点头，但是写诗不行，例如鄙人。那些可敬的听众，老远跑来取真经。惭愧，讲到结尾我不得不说老实话，只此两句："凡是讲得清楚的都不是最重要的。写诗过筋过脉之处终归是讲不清楚的。"岂止诗学原理，就是百科原理也如此呢。"道昭而不道"，我毕竟是门外谈诗，因为我讲得"太清楚"，非道。道不明白的，讲不清楚的，方是真道。

十七八岁鄙人学些马列，兼及斯毛，还有普列汉诺夫《一元论的唯物史观》和米丁《唯物辩证法》，再加上艾思奇《大众哲学》，便踌躇满志了，以为天下真理尽在我手中矣，如河伯之夸秋水然。后来沉没下去，现实掌掴了预言的嘴巴，眼前所见的，书上所写的，完全风马牛，弄不清楚真理在我这边还是在监督我改造的居民姆姆手上。我学过的那些规律真算是规律吗？为什么现实不按照书上的规律发展呢？马列二位领袖预言过"文化大革命"吗？斯毛二位领袖说过将来要引进外资吗？风吹云散后，道还是有的，只是道不明白，还须我们去探求罢了。

天府与葆光

任何一种社会，在上升期，到处可遇见乐观主义者，使你坚信明天必定比今天好。似乎一切疑问都扫除了，天下已没有不能认识的事物。你宣称你已经捉住了阴阳鱼，或曰"牢牢地掌握了主要矛盾"，就像京剧《借东风》诸葛亮唱的"论阴阳如反掌算定了乾坤"那样，未来种种都被你算定了。口口声声你在呐喊必然必然，有人回答只说可能，你就骂他悲观主义丧失信心动摇立场，弄去办罪。后来星移物换，上升期跌落入平稳期，想不到的麻烦纷至沓来，若猿扪虱，愈扪愈多，你才改口了，谈认识的局限性。此时庄周在一旁微笑说："晓得自己认识的局限性，你真不错。"原话见《庄子·齐物论》，其言曰："知止其所不知，至矣。"

紧接上句，庄周推出两个概念，一曰天府，一曰葆光，以说明面对着认识的局限性，吾人应具有之智慧。

天府，天子的府库，原指周朝的中央档案馆，后泛指皇家的仓库。《晋书·陶侃传》说："珍奇宝货，富于天府。"正用后义。引申而言，物产丰富，陕南八百里秦川被称为天府之国，后来蜀地也叫天府之国。庄周说的天府乃指悟道之士，他们立言而不见章法，传道而不事宣讲，就像大自然的秘密仓库，储藏万有，无所不知，而又不为俗人所识。这类天府之士，全知全能，纯属理想人格，实际上不存在。吾辈既非天府，所以都有局限，至多半知半能，更应该学他们立言不见章法，亦即不成一套体系，不阐一板主义，传道不事宣讲，亦即不办一个讲座，不搞一场运动，这样方可少犯错误。此之谓真智慧。反之，拼老命鼓蛮劲在那里成体系，阐主义，办讲座，搞运动，便是真愚蠢了。

儒家历来批评骄傲自满，出发点在自身的利益。骄傲了自满了，下面不投你的票，上头不提你的拔，你就惨了。一心要向上爬，不得不假谦恭假虚心做伪君子挣表现，真是求善反得恶，做美反丢丑，好个儒！庄周批评骄傲自满，出发点在认识的局限性，承认事物难以透识，明天难以预测，前头只有可能，没有必然。儒道泾渭分明，读者不可不察。此外，庄周还有导人全身远祸的意思，所以又推出葆光的概念。葆，遮蔽也。光，智慧也。葆光就是后世说的韬光养晦，民间说的"有宝不献"，为了避祸。我看葆光就像宇宙中的黑洞，具强引力，使光线都射不出来，吸吞周围星球"注焉而不满"，辐射巨量中子"酌焉而不竭"。黑洞的那一头是白洞，一个新宇宙。葆光的那一头是庄周所说的大道。

以梦境喻人生

行文设辞，以梦境喻人生，李白有"浮生若梦"，坡仙有"人间如梦"，为后人所祖述，影响至今。然则开先河者谁耶？佛经说事物"如幻梦如泡影"吗？非也。还要早得多，当首推《庄子》。《齐物论》有一段写隐士长梧子对孔子的学生瞿鹊子谈人生之祸福无常，其言曰："有一夜，梦饮酒，好快活，哪知早晨醒来大祸临门，一场痛哭。又有一夜，梦伤心事，痛哭一场，哪知早晨醒来出门打猎，快活极了。做梦时不晓得是在做梦。梦中又做了一个梦，还研究那个梦中梦是凶吗还是吉。后来梦中梦醒了，才晓得那是梦啊。后来的后来，彻底清醒了，才晓得从前种种经历原来是一场大梦啊。蠢人醒了，自以为真醒了，得意扬扬，说长道短，谈什么君王尊贵啦牧夫卑贱啦那一套，真是不可救药的顽固哟。你老师孔丘，还有你本人，都是在做梦，自己不晓得。我说你们在做梦，其实我也是梦中说梦话啊。所谓吊诡，亦即悖论，这就是了。"以上引自拙著《庄子现代版》，不引《庄子》原文，以利广大读者。

庄周看来，世间没有真正的成功者，有所得必然会有所失，某方面的成功总是以另方面的败绩为代价。成功者回首往事，都不免怅然若失，何况失败者，当然要感叹"往事总成空，还如一梦中"如李煜的了。无论成败，人生转入某个阶段，都会觉得"从前种种经历原来是一场大梦"。但将此话说透了的乃是庄周，是他发明大梦一词喻指人生，而为后人沿用至今。

《齐物论》以庄周自述梦蝶结尾，漂亮之至。原文是胡蝶，不是蝴蝶。胡者黑也。后人妄加虫旁成蝴，遂失黑色原义，而孳乳出"白蝴蝶""黄蝴蝶"不通的词组合。胡蝶即凤车蝶，学名玉带凤蝶，黑衫花裙，比粉蝶和黄蝶大得多。梦见自己变蝶，飞舞花间。醒来还是庄周，睡在床上。不免吃惊，弄不明白自己是谁。是庄周做梦变了胡蝶，还是胡蝶做梦变了庄周？梦境与现实一旦混起来，醒了正是梦中，做梦才是真实。以梦境喻人生，至此推入深层，恍然大悟，惚然忘我，而臻文章之绝妙矣。

然而庄周的本意只在齐死生罢了。死之苦，生之乐，反差大，本不齐。庄周劝人等量齐观，乃设梦蝶之喻。人死如梦变蝶，花间舞着，有另一种形式的生之乐。蝶死如人梦醒，床上躺着，亦有同样的生之乐。既然如此，死固不足畏，生亦不必恋，忘怀死生，便活得潇洒了。

一个自我，两种状态，或为庄周，或为胡蝶，轮回变化，这便是庄周说的物化了。后世讳言死亡，谓之物化，已失原意。

笼养野鸡想故林

庄周在天之灵大概会羡慕我，因为我虽瘟症，却是专业作家，不但领工资领津贴，还要领稿笺领墨水，且拿稿酬，他一件也领不到，拿不到，枉自当大文豪。宋国又穷又小，地在今河南省东角再搭上安徽省西北角。他在宋国做漆园吏，管理国营林场，职卑位鄙，业余作家。稿笺在那时是竹简，宋国不产，须从江南进口，价贵，要他自己掏钱。幸好墨水在那时是漆汁，可揩油，不花钱。竹简贵，必须省着用，想好一句，挤干水分，才写上去。所以《庄子》原文简古，段段之间，句句之间，字字之间，常有跳跃，易致后人误读错解，妄生歧义。例如《养生主》中有说野鸡不愿笼养的一段原文："泽雉十步一啄，百步一饮，不蕲畜乎樊中。神虽王，不善也。"说野鸡觅食劳累，但仍不愿笼养，吃现成食。蕲，通祈，求也。畜，养也。樊，笼也。这两句的意思明白，且与庄周本人行为一致。他不但这样说，还这样做，情愿陋巷吃苦，不愿官场玩格。他本人就是一只智慧的野鸡。成问题的是下一句"神虽王，不善也"所指为何，是说栖息山泽，啄食饮水，自由自在，精神虽有畅旺之态，生活毕竟不好，还是说饲养樊笼，不劳不累，吃现成食，表情虽有王长之状，内心毕竟不乐。郭象注，成玄英疏，皆主前一说。我取后一说。引起误读错解，皆因行文跳跃。这下句若补上四个字，变成"畜乎樊中，神虽王，不善也"就好了。庄周或出于省竹简之故，让上句结尾的"畜乎樊中"兼领下句，做了开头？果如此，穷作家俭省得未免太可笑了。

庄周以天为真，以人为伪。何谓天？他说："牛马四足谓之天。"何谓人？他说："络马首穿牛鼻谓之人。"他认为天真便是善，人伪便是恶。所以，野鸡栖息山泽，十步一啄，百步一饮，觅食劳累，正是天真，是善。一旦笼养，虽然作王长状，但是内心不乐，也就不善了。"神虽王"的神乃表情，非精神。"不善也"不是指生活不好，是指内心不乐。有些人久矣乎习染人伪，放他出笼，自由觅食，他反而不适应，拼命想钻回笼，吃现成食，作王长状，这样他才快乐。他之所谓善者，非野鸡之所谓善也。可悲的人，竟不如鸡！

这段原文被汉代的韩婴加水分改写入《韩诗外传》："君不见大泽中雉乎？五步一啄，终日乃饱，羽毛泽悦，光照于日月，奋翼争鸣，声响于陵泽者何？彼乐志也。援置之困仓中，常啄粱粟，不旦时而饱。然独羽毛憔悴，志气益下，低头不鸣。夫食岂不善哉？彼不得其志故也。"这该算是原文的扯长。韩婴可能用公家的竹简吧？

养好生命的火灶

《庄子·养生主》结尾一段短极了："指穷于为薪，火传也。不知其尽也。"历来注解，聚讼纷纭，然诸家皆同意堆薪烧火之说。薪，柴薪也。指，手指也。说意思是用指折断柴薪，薪尽火传，永不熄灭。所以老师教学生谓之"传薪"。难解的是伐薪用斧，划柴用刀，安用指耶？纵是小枝细柴，折断入灶，亦当用手，不用指也。指字不好讲，所以有人说，应该是脂字的假借。既然如此，这就是说用柴薪裹脂肪燃成火炬，使火种传下去。对，这还差不多。不过我想爬上前人肩头，升高一层，大叫："不对。是用油脂点灯！"

请详陈之。先说薪为何物。草木之可供燃烧者，皆可做薪。置之灶内，是为柴薪。置之烛内，是为烛薪。置之灯内，应该是灯薪吧。果然，写成灯芯便是。《诗经·凯风》首章云"凯风自南，吹彼棘心"，次章云"凯风自南，吹彼棘薪"，意义相同，可见薪即心也。《正字通》草部引《六书故》说："凡函蓄于中者皆谓之心。草木花叶之心是也，别作芯。"灯芯草的茎内有髓，剥出，置之油灯盏内，供人点火照明，是为灯芯。"指穷于为薪"即脂穷于为芯，油脂为灯芯所穷尽。"火传也"即灯火相传也。"不知其尽也"是说相传无穷尽，油脂有穷尽而灯火无穷尽也。所以拙著《庄子现代版》把这一段改写成诗：

> 燧人氏的第一盏灯，
> 灯油早被灯芯燃尽。
> 可是灯火传遍九州，
> 灯光夜夜照明，
> 从荒古，照到今。

　　灯之为物，大可喻指文明，小可喻指生命。作为《养生主》的结尾，宜作生命喻体理解。本篇谈养生，养生就养生嘛，为啥要"养生主"？人答曰：谈养生之主旨也。或人又答曰：精神为生之主，养生须养精神也。二说皆失之于牵强。窃以为《说文解字》在这里还用得上。主字象形，上头那一点像灯中火炷，下面像油灯盏，非王字也。主乃炷之本字。生主者，生命的火炷也，须善养之。《养生主》通篇谈的就是人应该怎样养好自己生命的火炷，使之永不熄灭。庄周比譬生命如灯，油脂是躯体，火炷是灵魂。油脂有穷尽之日，灵魂能附丽于另一形态的躯体，如灯火之辗转相传，故可永恒。

　　佛门传法谓之"传灯"，与庄周之传火相似，所取象征同一。火就是灯。犹记儿时大人喊"拿火来"，意思是点灯来。谈禅的《五灯会元》

说："早知灯是火，饭熟已多时。"真有趣。

心斋与拍马术

《庄子·人间世》篇名，昔贤多以人间与人世解释之。人间指空间，社会也。人世指时间，时代也。恐怕解释错了。这个间是动词，读去声，介入也。查此篇之内容，前半篇正是教人怎样介入官场斗争，方可远祸得善终的。庄周一肚皮的圆滑，篇中昭然若揭，读了使你吃惊。官场之可怕，他是看透了。纵你不想当官，也不妨听听他的教导，或可资谈助吧。

先教你怎样侍候暴君。暴君面前，切勿坚持仁义原则，惹得他不高兴，怀疑你是在用你的善良映衬他的丑恶。龙逢比干，夏商两大忠臣，越位施仁义给百姓，触怒桀纣，所以被杀。百姓是他的百姓，要你越位去关怀吗！当然，更不要去纠正暴君的过失了。钳制言论，堵塞诤谏，不听那些詹詹费话，他才活得称心如意。与其冒险去纠正他，还不如回家去闭门心斋。所谓心斋，就是静坐瞑目，排空思想，停止意识，忘掉国事民事，虚寂中生出智慧，正如空房中生出光明——"虚室生白"。心斋了，你就"吉祥止止"了。反之，下班后还操心朝廷大事，思考不已，心灵塞满了，生出昏暗来，非遭凶不可。庄周的心斋，目的在远祸，求自保而已。平息火气，自我消防，乐乐呵呵，溷迹朝廷，这和儒家说的"杀身成仁，舍生取义"比较起来，确实藐小。藐小又怎样？庄周声明说，他是"散焉者"，身既不在朝廷，生便不属君王，杀了白杀，舍了白舍，那才枉自为仁义殉葬呢。今蜀人称无官职者为散眼子，或当源于"散焉者"之讹读。由此可见庄周"流毒"之深远矣。

然后教你怎样陪伴太子。太子面前，猫毛必须顺着抹，切忌螳臂挡车，被他轧死。他无知像婴儿，你也来小儿科。他不摆官架子，你也别敬畏他。他放荡不受管，你也去凑热闹。但是，"就不欲入"，迁就他，可别投靠进去，上了他的贼船；"和不欲出"，亲和他，可别显耀出来，成了他的帮凶。你要做得非常完美，"入于无疵"，不露痕迹。庄周以拍马做比喻，说有个爱马者给马拍虻，殷勤之至，这当然好。奈何这位老兄"拊之不时"，也就是没有拍在点子上，无虻叮咬之时，他也去拍，且猛然一挥掌，狠狠地拍下去。他是爱马恨虻之情太急迫了，反而惊坏了马，被马踢伤，效果不好。今人嘲讽乱拍马者，盖出自此。因《庄子》原文用的是拊字，未用拍字，所以人多不察，乃至数典忘祖，把庄周的发明专利错判给马贩子，说什么马贩子夸马好便拍拍。细心读者应注意到成玄英疏："拊，拍也。"陪伴太子，小心拍马。你那一腔忠爱之心，亦须留意方法问题，可不慎哉。

身处有用无用之间

黄河一改道，宋国就被淹。官府治水乏术，只好年年祭河。祭河要用牲畜，还要用女人。庄周提醒众生，变牛要变白额牛，变猪要变翘鼻猪，变女要变痔疮女，因为此三者不是好东西，不能光荣选去沉水祭河。幽默近乎残酷，亦可悲也。变男要变谁呢？《庄子·人间世》中又提醒说，要变支离疏那样的残疾人，背驼成锐角了，下颏俯向肚脐，脊柱弯成问号。支离是他姓，意思是残缺不全。疏是他名，意思是稀松无用。这当然是寓言式的漫画人物了。变支离疏有四大好处：一是政府照顾残疾人，准他算命卖卜，收入丰厚，能养活十张嘴；二是国军抓丁打仗，人人都躲他不躲，还跑到征兵站去呼爱国口号；三是上有劳务摊派下来，残疾免役，唯他优游自在；四是慈善机构扶贫慰疾，他能领米百斤，领柴十捆。人笑支离疏无用，支离疏不答，心头明白，于人无用，于己正是有用。

《人间世》前半篇教人小心涩迹朝廷，远祸自保，已言之矣。后半篇以支离疏为例，教人努力做到无用，苟全性命。其间尤着墨于以树喻人，阐明无用之用。话说木匠师傅路过齐国曲辕，看见土地庙前一棵神木，是栎树，很大。徒弟赞美木材。师傅却说："那是散木，做船易沉，做棺速朽，做家具要裂缝，做门板要冒油，做栋梁招白蚁。不成材的栎树啊，所以长寿。"是夜栎树显梦，说："散木又怎样？你以为我想变文木吗？从做小树起，我多次遇险，差一点被误认为文木，遭到砍伐。我若有用，还能活到今天，长这样大吗？"师傅梦醒，告知徒弟。徒弟质问："他要做到无用，去做好了，为啥又来冒充神木，接受众人跪拜？"师傅悄声回答："绝密，不要外传！冒充神木，借房子躲雨罢了。当初他若不投靠土地庙，挂一个保境安民的虚职，恐怕早就砍来当柴烧了。蠢物以为有用就能保命，慧物以为无用就能保命。而他，身处散木无用与神木有用之间，赖以苟全性命，具独创性。你用道义去责备他，未免外行。"这里涵藏着深刻的讽刺。昔时人言："小隐隐在山林，大隐隐在朝廷。"这棵神木栎树正是躲在朝廷做隐士，狡猾之至。比较起来，支离疏更值得同情。隐在朝廷，遇事件不表态，见任务便推诿，虽不作恶，亦算是可耻的寄生虫。

《庄子·山木》中也说大树因无用而安享天年，家鹅因无用（不能鸣叫防盗）而被杀待客，弟子问庄周站哪边。庄子笑答："站在无用与有用之间吧。扮演似是而非的角色，所以活得很累。要想活得不累，还须修道养德，跳出有用无用的范畴。"

内德充实之美

　　签名售《庄子现代版》，有气功师来买书，认同说："庄子是我们道家的圣人。"还赠我一本谈气功与健身的流行读物。那时忙于应付读者，不暇向这位气功师解释，至今遗憾。我应该告诉他，庄周不练气功，也不重视健身。《庄子·刻意》列出了五种人，其一为"导引之士，养形之人"，"吐故纳新，熊经鸟申，为寿而已矣"，亦即做深呼吸，通丹田气，打太极拳，练鹤翔桩，求自身的延年益寿罢了。这种人挂靠在道家的彭祖派，和庄周没关系。庄周关注的是内德，是心灵，非外形，非身体。《庄子·德充符》中，写了六个残疾人，三个是所谓刑余之徒，皆斩一脚，三个是所谓丑八怪，驼背歪脸的，瘸腿豁唇的，颈项上长了个大瘤子的。论外形，他们六人糟透了，没改了。论内德，却充实，光辉照人，可敬可爱，能使孔子心仪，遥尊为师，能使相爷改容，当面道歉，能使君王信任，委以国政，能使民女追求，欲嫁为妾。庄周仿佛在开玩笑，表揭出残疾人丑怪人内德之美，以此向百代后我们的选美活动提出挑战，或可唤醒愚氓，识迷途于未远。当今两股热潮，气功与健身，化妆与美容，庄周如果活着，会笑掉牙车骨。社会物质化了，愚氓热得昏聩，于是所谓美者，专指外形漂亮，既不涵蓄真理，亦不滋养善心，不过能娱俚耳悦俗目，供感官之享受而已矣，焉得谓之美耶。

　　《德充符》通篇说内德充实之美，慨叹俚俗只看外形，不顾内涵，说蠢猪都懂得内涵之重要，偏偏人不懂。便利广大读者，我就不引原文，仍引拙著《庄子现代版》吧。庄周假托孔子之口，说："有一次我出差去楚国，路边看见一群小猪吃母猪奶。那母猪已死了，刚断气，小猪们不知道，还在那里争着吮吸，急得叫喊。过一会母猪的体温转凉，小猪们一个个瞪大眼，不再叫喊，抛弃母亲的遗体，乱纷纷地逃散。为什么逃散？因为小猪忽然发现，眼前这个肉堆不再活动，不再温暖，不再泌奶汁，不再哼哼唤，不再像咱们猪族的一员，显然属于异类兽，不可亲，有危险，所以惊惶逃散。由此可见，小猪爱的不是一堆死母猪肉，不是外形，而是亲爱的猪妈妈，而是内涵。"这里的内涵也就是内德。

儒家同样讲德，在官方为仁政为亲民，在民间为孝悌为忠信，都是看得见的"表现"，乃外德也，非内德也。内德必须"不形"，看是看不见的，想表扬都无从下笔。笔下能够写具体的就不是内德了。儒家重功利，所以讲外德，看"表现"。庄周讲内德，倡"不形"，对政治家而言，就是弄活了民生，搞好了国政，却又闹不明白是谁弄的是谁搞的，也就是无为而治了。

以失为得说坐忘

读《庄子·大宗师》想起了近十年冒出来一些大师，红遍九州，光被海外，很是热闹。他们学道，都用加法。方其始也，白丁一个。加师父的秘传，加仙翁的指点，加信徒的拥戴，加报刊的宣传，加首长的接见，加政协的头衔，加进京的轰动，加巡回的表演，加名声，加金钱，加公司，最后加成大款。庄周显然落到时代后边去了，他说学道该用减法，也就是用忘掉和失去作为办法。《大宗师》中，颜回学道的过程便是连串的三个减。一减忘礼忘乐，忘了行为规范。二减忘仁忘义，忘了思想体系。三减达到坐忘境界。坐忘，不但忘掉了外物的存在，连自身的存在也忘掉了。这就要求停用肢体，关闭耳目，心境扫除思维，灵魂脱离躯壳，同大道保持一致。这和《人间世》的心斋差不多。心斋要求静坐瞑目，排空思想，停止意识，忘掉国事民情，其目的亦在于同大道保持一致。坐忘反面，是为坐驰，心猿意马，灵魂特忙，好比房间塞满，不见阳光。常人天天坐驰，你叫他坐忘，谈何容易啊。那些大师，猎名渔利之欲比常人强多了，你叫他们学道用减法，坐忘减到零，比白丁更白，做得到才怪！

《大宗师》中，偶女士教卜梁倚学道的过程比颜回的坐忘走得更远些。据说是三天忘掉社会，七天忘掉环境，九天忘掉自身，达到坐忘境界。接下去还有"后坐忘"阶段，分四步走。一，进入朝彻状态。所谓朝彻，好比早晨梦醒，豁然贯通。二，贯通而后见独。一切事物皆摆不脱因果关系，所以独不起来。唯大道乃真独。见独就是见道，悟了。三，由此突破时间，打通古今，无古无今，完全逍遥。四，最后勘破生死，等同生死，非生非死，跃入玄境。不瞒读者说，鄙人怀疑这一套。庄周可能犯了他批评过的错误，那就是交代得太明白太具体，反而令人生疑。道不明白的，说不具体的，方是真道啊。

但是，他说学道该用减法，毕竟不错。在他之前，老聃就说过"为道日损"了。学道必须日日有损失，方能常常有心得。"日损"就是天天用减法。岂止学道，立身处世也该用减法嘛。贪欲不减，何以洁身？野心不减，何以正行？享乐不减，何以励志？威福不减，何以亲民？心斋说到"虚室生白"，房间内的家具腾空了，自然就亮堂了，正是用减法嘛。拿写诗来说，也是用减法。如果把想到的清词丽句和妙喻奇想全都塞进去，还有什么好诗可言。必须减，一减再减，方显出葳蕤之美质来，正如蓬头剪掉多余，方显出好看的发式来。可笑那些自封的吹牛大师，器质差，文化低，术或有，道全无，只晓得渔猎名利加加加，不懂减法。

编曲不是作曲

　　子桑户，孟子反，子琴张，是三个隐士的姓名。他们亮相在《庄子·大宗师》篇内，都不合群，也不惹是生非；惹不起，躲得起。三隐士宣言说："我们互爱，看不见爱在哪里。我们互助，说不出助了什么。我们皈依大道，忘却自身，心向永恒。"这些话俗人听了莫名其妙，觉得可笑。不久，子桑户死了，孟子反和子琴张跑来治丧。孔子闻讯，派子贡来吊唁。子贡入门大吃一惊，见遗体放院中，治丧的二隐士坐在地上，"或编曲，或鼓琴，相和而歌"。子贡觉得太不像样，走上前去制止说："对着遗体唱歌，啥丧礼呀！"二隐士相视一笑说："他懂啥礼嘛。"继续弹琴，一唱一和。

　　这段叙述简洁，交代清楚。二隐士对坐着"临尸而歌"，一个在"编曲"，一个在"鼓琴"，这还不好懂吗？是的，真不好懂，因为唐人成玄英疏曰："曲，薄也。或编薄织帘，或鼓琴咏歌，相和欢乐，曾无戚容。所谓相忘以生，方外之至也。"原来编曲不是给歌词作曲，而是编薄织帘。薄是啥？就是帘。《庄子·达生》说到"高门悬薄"。成玄英疏曰："高门，富贵之家也。悬薄，垂帘也。"可知薄就是帘。编曲就是编薄，亦即用苇织帘。疑问由此生焉：人死在那里躺着了，不去治丧，坐着编织苇帘做啥？另一唐人陆德明释文曰："曲，蚕薄。"蚕薄，薄通箔，即蚕箔，养蚕用的器具，用苇或竹编织成长方形的席箔，育蚕于其上，可卷起，可展开，又名蚕帘。此物我未目睹，但曾植棉三年，见过晒花帘子，亦可卷起，亦可展开，宽一米半，长三米，竹篾编织而成，晒棉花用。蚕箔之形制，或近似之吧。但疑问仍在焉：人死等着埋，养蚕又做啥？

悬谜两千年后，清人宣颖解说："编曲，编次歌曲。旧云织薄，非是。"近人陈启天说是编挽歌。近人张默生《庄子内篇新释》也说是编歌曲。不过疑问仍在。细读原文，二隐士一个在弹琴唱歌，另一个在帮腔相和，同时又在编曲。歌词只有四句，已唱完了，也和过了，还作曲做啥呀？为挽歌作曲吗？挽歌有现成的，何必再作曲呀？

窃以为成玄英"编薄织帘"之说不错。曲是借字。本字要添草头，或添竹头。曲就是薄，但非蚕薄；也是帘，但非门帘。曲在这里该是一张苇席，裹尸用的。须知隐士家贫，无力治棺，苇席裹埋了事。旧时此类葬法常见，谓之藁葬。藁葬也合乎道家的观念（三隐士皆道友）。庄周本人主张丧葬从简，遗嘱云："天地做棺椁，日月做双璧，星辰做珠宝，还有万物陪我殉葬。"其实就是抛尸野外，喂乌鸦和老鹰。他在笔下总算给子桑户织了一张苇席，用来裹尸，够迁就书中的人物了。

浑沌一开窍就死了

《庄子·应帝王》属内篇之第七。从《逍遥游》到《应帝王》通称为内七篇，说是庄周亲笔撰写，乃全书的内核。应帝王者，当帝王也。应就是当。《应帝王》教人怎样当帝王。可笑的是从梁惠王到宣统帝似无人听得进庄周的穷唠叨，也许是白说了。但不妨听听，当作警钟吧。

哪个帝王不想振作有为呢？你看，办事敏捷果断，见识广博通达，学习勤奋踏实，这不就是英明帝王的三项标准吗？你错了。庄周讪笑提醒你，这是干练的吏员，不是英明的帝王。帝王要想英明，首先就得无为，切忌没事找事。施政要顺应事物的自然，不要横加干涉。还必须让百姓只受惠不感恩，只饮水不思源，都能自豪宣称："不必靠帝王，靠我们自己！"这般高境界的帝王，古今中外，凤毛麟角。接着还有进一步的要求："无为谋府"，"无为智主"。拿现在的话说，就是撤销思想库，解散智囊团，这等于剜他心割他睾，帝王他甘愿吗？庄周的学说吃不开，那是当然的了。

《应帝王》中，庄周阐述道家政治哲理，其核心是反对依靠智能治理天下。在任何问题上，这家伙都是敌视智能的。当今信息社会，智能挂帅，要给这家伙戴反动帽子，也不冤枉他。他警告统治者，切莫开发智能，否则要命。为此他编了浑沌凿七窍而亡的寓言。话说北海王名倏，南海王名忽，中土王名浑沌。倏忽者，快速也。浑沌者，糊涂也。倏忽二王见浑沌囵囵一团，便给凿七窍，让他也能目视耳闻口食鼻息。七日凿毕七窍，浑沌受不了外界的刺激，当场毙命。你看，糊糊涂涂，长久生存，一旦开窍，死亡来临。涵义至深矣，能不三思耶？自然界和人文界的某些原生状态，一"开发"便毁了；再恢复也只算假文物，陋不忍睹。我想起俄罗斯现代天文学家 C. 什克洛夫斯基对智能的看法，愿转贩之。他认为地球生命现象在宇宙中乃属唯一"例外"，地球之外再无生命存在。他说："地球上的智能生物乃是生物演变走入死胡同的一个发展的分支。"人类之有智能，原是生物演变过程中的一个"发明"，正是这个"发明"使人类这一生物物种走入演变的死胡同。从这个意义上讲，人类的智能正像中生代爬行动物的犄角和甲壳，或像剑齿虎那奇大不相衬的獠牙，终成为自身发展的障碍。他举核武器为例，说这就是人类智能的獠牙或犄角，害了人类自己。比较起来，庄周反对开发智能，只是因为觉得弓箭、戈矛、车辆、宫室、服饰、礼仪、计谋、韬略之类的低级智能之应用，有害于社会之安定与人心之淳朴而已。还在智能萌芽的早期，他已察觉到危机之暗伏，敲响警钟，回声反复，折射至今，听不听由你了。

并趾与歧指

《庄子·骈拇》一篇，堪称个性至上者的宣言。文章结构严密，环环紧扣，层层紧逼，直捣儒家的老招牌——仁义礼乐。篇中张扬战斗激情，雄辩之至。唯其太雄辩了，不像前七篇之深蕴厚藉，遂启疑窦，所以王船山《庄子解》认为不是庄周写的。是耶非耶，全凭推断。公说婆说，俱乏证明。与其臆创新说，不如维持原案。古今作家风格多变者代有之，哪能仅凭文风断定作者。篇中强调世间万物天生不齐，各具本性，这正符合庄周崇尚自然之旨。何况批判儒家，痛斥仁义礼乐之失，亦庄周之擅长，不像假冒。

文章一开头就很妙，先拣"骈拇""枝指"说起，使你猜不出他扣的底牌。脚趾有畸形的，大趾二趾合并成一个趾，是为"骈拇"，亦即并趾。手指有畸形的，大指顶端分歧成两个指，是为"枝指"，亦即歧指。并趾人，歧指人，世俗多以异类视之，口虽不言而心疑焉。庄周替他们辩护说，畸形对畸形者自身而言，同样是其本性实现，用现代话说吧，就是基因表现，乃自然也，非过失也，理应受到社会尊重。推而言之，任何个性，若与概念化的共性作比较，莫不具有可见的和不可见的畸形。其"骈"不必非在脚趾不可，别的器官也可以"骈"。其"枝"不必非在手指不可，别的器官也可以"枝"。对于概念化的共性而言，任何个性皆有"例外"表现，也就是某方面的畸形。庄周巧用相对主义翻出底牌，原来他是在为个性争取存在的权利。朝廷要治安，所以倡导共性，纳百姓入仁义礼乐的仪范。民间要发展，所以追求个性，望国王行舒缓宽大的政策。庄周站在民间，强调万物长短不齐，"长者不为有余，短者不为不足"。"是故凫胫虽短，续之则忧；鹤胫虽长，断之则悲。"分明是在提醒朝廷，不要妄动外科手术，害得野鸭忧歌，仙鹤悲舞。

刚刚宣言个性至上，笔锋一转，挑起诙谐，说有人"骈"在心"枝"在肝所以成仁取义，有人"骈"在目"枝"在耳所以制礼作乐，皆属不可见的畸形，以此嘲笑儒家的那一套仁义礼乐亦"骈拇""枝指"而已。儒家不承认自身的畸形，他们说仁义出乎天性，礼乐合乎常情。庄周反问：既然出乎天性，为何仁人义士那么少，而不仁不义之徒那么多？既然合乎常情，为何难以推广，要你们去拼命宣传？

文章结尾转回严肃，声明抵制仁义并非不讲道德，反对礼乐并非不要规矩，他庄周只不过不愿意迁自己的个性，就别人的个性罢了；不愿意弃自己的生活，过别人的生活罢了。

人伪摧残天真

《庄子》内篇篇篇有题，皆庄周亲笔拟定。外篇本来无题，但用每篇文章首句中的字样权充题目，如前篇《骈拇》，本篇《马蹄》。这是不是庄周的意思呢？难以回答。我只晓得用"马蹄"做题目没道理，因为本篇首句若加标点该是这样："马，蹄可以践霜雪，毛可以御风寒。"这是从蹄毛两方面说马，非说马蹄者也。拔掉那个逗号，硬给连成"马蹄"一词，有道理可讲吗？

《马蹄》文章短，仅有五百五十三字，控诉了人伪对天真的摧残，向一部辉煌的文明史提出挑战，使两千多年来有识之士梦魇不安，憬悟到文明的野蛮性，感受到深刻的历史悲观主义情怀。篇中以野马代表天真，以伯乐代表人伪。野马成群，生活在大草原，自由自在，无求于人，渴饮清泉，饥啮茂草，高兴了交颈摩擦，生气了转身踶踢，完全保持天真状态。直到有一天文明人跑来捕捉野马，牵进城去交给伯乐整治训练，"烧之，剔之，刻之，烙之"，弄死两三成；"饥之，渴之，驰之，骤之，整之，齐之"，又弄死两三成。可怜野马，从此陷入万劫不复的苦难的历程。所谓整治训练，就是强迫异化，亦即人伪对天真的摧残。天真的野马被文明的伯乐人伪化了，改造成厩马了。其恶果，引一段《庄子现代版》吧："马失群而孤绝，用阴险的目光看周围的一切。扭颈缩项，诡计脱轭。猛拖蛮撞，皮带断裂。偷咬缰绳，暗吐嚼铁。鬼鬼祟祟，似人做贼。朴素天真，完全毁灭。谁逼马学坏的？伯乐伯乐，难逭罪责！"

五百多字短文，察其结构，如听二部轮唱，前部高亢，控诉文明的野蛮，后部低回，咏叹蒙昧的幸福。《马蹄》就这样循环以终篇。庄周一厢情愿，他把蒙昧的远古氏族社会，也就是"至德之世"的大酋长"赫胥氏之时"，想象得太幸福。那是理想国，经不起考证。但他不管，他是诗人，他要驰骋想象，找来快乐，娱己娱人。咏叹一回，他又控诉一番。控诉未完，他又咏叹起来。一个人演二部轮唱，俨然绛树两歌，一歌在喉，一歌在腹，妙哉。蒙昧虽未必真幸福，文明或确实很野蛮。昨见报载，一九九五年全国车祸平均每日弄死一百九十六人。野蛮国王夏桀商纣亦不可能杀这样多！古罗马迷宫怪兽吃活人，每年也不过二十四人啊！

我想起杰克·伦敦的中篇小说《荒野的呼唤》。那条义犬名叫布克，逃到荒野，入伙狼群，抛弃从人伪获得的狗性，从人之友回归到人之敌。吾国评论家以作者曾信奉社会主义故，便说这是表明对美国资本主义社会绝望云云。其实这篇小说同两千多年前的《马蹄》一样，控诉了人伪对天真的摧残，表明作者对文明的绝望。评论家有顾虑，不敢把杰克·伦敦与庄周扯在一起罢了。

圣人帮助盗贼

《骈拇》《马蹄》《胠箧》三篇文章，一篇比一篇激烈，该是战国时代最锋利的匕首，直刺夏商周三代的圣人，明显具有异动倾向。尤以《胠箧》为最，《红楼梦》叛逆的贾宝玉都会引用，其普及可知矣。

"胠箧"就是撬箱。胠和撬，箧和箱，皆双声，可对转。庄周睡到今日醒来，定将废置"胠箧"改用"撬箱"，以利吾辈阅读。这篇《胠箧》奇文，从小偷撬箱子说起，说到土匪抢劫财物，说到强贼扯旗造反，说到大盗窃国篡位，眼光特异，看透实质，得出了惊世骇俗的结论。

结论一，知识帮助小偷作案。知识就是力量吗？当然是力量。这个力量既可行善，亦可作恶。古人有言，饴糖，孝子拿去养双亲，偷儿用来粘门闩，正是如此。锁钥知识，杠杆知识，枪械知识，电脑知识，皆可帮助作案。岂止小偷，便是大魔，也需要有科学知识才能够作大恶。科学发明有机磷农药杀害虫，纳粹用来杀囚徒六百万，力量不可谓不大也。幸好原子弹只行过一次善，算例外吧。

结论二，积蓄帮助土匪抢劫。辛辛苦苦囤积起来，储蓄起来，正好引土匪上门来。如果是零散的碎银子，他何苦上门来。谢谢你帮他积蓄了，锁好了，捆紧了，他只需提起走就行了。长辈教你一勤二俭三积蓄，说是美德。你的美德正好是土匪的利益。

结论三，圣教帮助强贼造反。圣人执掌教育，号召大家，一要圣明，二要勇敢，三要义气，四要智慧，五要仁爱。你能说不好吗？不能。可是盗跖对部下说："咱们服膺圣教，盗亦有道。确估室内财富，这是圣明。领头破门杀人，这是勇敢。撤退主动断后，这是义气。抢掠适可而止，这是智慧。实行公平分赃，这是仁爱。没有这五条，只配做小偷，不配做大盗。"真是绝妙的反讽。

结论四，圣法帮助大盗窃国。圣人建立法制，意在巩固江山。你能说不好吗？不能。可是奸臣夺权篡位，圣法连锅端走，倒成了他手中的武器，正好用来收拾忠良，强化统治。细想古往，莫不如此。岂止圣法，就连圣人本身也被抬来替大盗作陪衬。李闯王坐金殿，有降臣叶水心上书歌德，文曰："一夫授首，万众归心。比尧舜而多武功，迈汤武而无惭德。"竟把远古圣人都抬来垫脚了。这该是明末的大笑话吧。

《胠箧》捅穿了一层纸，点明"圣人生而大盗起"，两者具有同步性。庄周敢于声讨儒家圣人，"圣人不死，大盗不止"，在中国思想史留下一笔异彩，炫灿至今。

审视无为主义

天下这东西，儒家说，必须整之治之，才得太平。庄周说不，天下只能"在之""宥之"。《在宥》一篇说的就是这个。宥之，宽宥它，对它高抬贵手，这好讲。在之，什么叫在之呢？这就不好讲了。在，我们习惯作介词用，表明时间位置，例如在今朝，在昔日，在黎明前，在黄昏后，在月初，在年终，在唐以前，在宋以后，在明清之际，在世纪末；或者表明空间位置，例如在天上，在地下，在云里，在水中，在海底，在山间，在门外，在室内；或者表明社会位置，例如在朝，在野，在基层，在正处级与副厅级之间。在，如果不作介词用，而作动词用，我们就少见了。有作动词用的在吗？有。"在意"的在就是动词，其含义为"放置"。在意者放置心上也。《逸周书·小开》已有"翼翼在意"之句。《资治通鉴·五代后汉》又有"大须在意"之语。可知在具"放置"一义，其来久矣，并非现代口语才有。庄周说的"在之"，当训为"放置之"才好讲。放置亦即搁下。天下这东西，搁下它，别去整；宽宥它，别去治。这就是"在之"和"宥之"了。

如果当国王的"在之""宥之"，天下就太平了，那就太美妙了。奈何这是幻想，仅具思辨价值，没法实际操作。天下总是乱纷纷的，国又不可一日无王，所以他还得坐在宫殿上，做点什么。庄周对他说："故君子不得已而临莅天下，莫若无为。"《庄子》书中的得道者分三类人：一是神人，二是至人，三是圣人。"临莅天下"的"君子"就是道家的圣人，而非儒家的圣人。这圣人就是从政的神仙，庄周要他推行无为主义。

推行无为主义，在庄周已经是退而求其次的一种妥协办法，因为有所推行就不能一味地"在之""宥之"了。何谓无为？郭象注解说："无为者，非拱默之谓也，直各任其自为，则性命安定矣。"不是拱手不做事，不是缄默不发言，还得办公，还得行政，哪能是贬义的无所作为，放弃领导。但是，办公行政只是为了让百姓"自为"。这就是说，整治还是要整治的，不过是让百姓自整之自治之而已。自整自治又是为了使民各安其生，各乐其业。无为，放弃他整他治，采用自整自治，乃出自圣人对客观规律的尊重，亦即对道的信赖。庄周的无为主义应该被视为社会自治理论的滥觞，如同孟轲的"民贵君轻"应该被视为社会民主理论的滥觞一样，皆属传统政治文化的精华，理应受到尊重。认为无为便是消极，有为才算积极，未免失诸皮相之见，抠字眼儿罢了。不过《在宥》一篇表揭出的国王形象，什么"尸居而龙见，渊默而雷声，神动而天随"，巫术气味太浓，近乎妖矣。在合理的自治社会，国王应该起怎样的作用，庄周的见识局限于时代，他设计不出来。

抱瓮老人如是说

看见过出土的双耳陶罐吗，汲水用的？双耳系绳，放入水井，提水上来，这是古代一大发明。双耳陶罐用了数千年后，又发明木桶，井中汲水更方便。今日用自来水，轻轻一扭，汩汩而出，岂但汲字作废，连水井都废了。抚今思昔，吾人受惠于科技发明者多矣。

《天地》篇中楚国汉阴城外有个菜农老头儿，与众不同，拒用双耳陶罐。他在井旁挖掘一条露天隧道，斜面砌以石级，通向井下。他到井下舀满一陶瓮水，抱在胸前，拾级而上，浇灌菜园。孔子门徒子贡上前去告诉他："你这样太辛苦。今有提水装置，一天灌溉百畦，用力少，功效多。老人家，你不想试试吗？"他询问怎样装置的。子贡回答说，井旁立两柱，柱间置横梁，梁上悬横杆，杆头吊水桶，利用杠杆原理提水，又轻又快，就像用瓢舀汤，谓之桔槔。这老头儿听了，很气愤，冷笑说："我记得我老师的教导：使用机巧之器，必有机巧之事；机巧之事渐多，必生机巧之心；胸藏机巧之心，纯洁性就坏了；纯洁性一坏，灵魂就动荡了；灵魂一动荡，大道就背离了。你所说的那种装置，太可耻了！我懂得，不愿做！"

在这老头儿看来，凡科技发明皆投机取巧，极有害于世道人心。上纲全凭推论，定罪不需实证，非特《庄子》书中之惯技，盖亦先秦诸子之通病。认为机巧之器必然养成投机取巧之心，所以骂人"巧佞""巧伪"都和机巧扯在一起。传统士大夫多不习科技，以此。妇女七夕乞巧，他们都要讽刺，诗曰："未会牵牛意若何，且邀织女弄金梭。年年枉乞人间巧，不道人间巧已多。"这是一首宋诗，感叹世风巧伪太盛。清末士大夫骂洋人"淫巧奇技"，谁引进谁汉奸，其口吻与这老头儿遥遥呼应。

科技发明间接促进社会变革，厥功甚伟，有目共睹。机巧之器与投机取巧之心亦无关系，自不待言。至于世道人心，何谓之好，何谓之坏，亦因价值判断不同而互异焉，难说得很。《庄子》阐述道家政治哲理，其核心是反对用智能治天下，而且反对开发智能，要求回归蒙昧。怎样回归？抱着满满一陶瓮水，从井下爬出来，所谓一步一个脚印，便是回归的实践了。你别认为这是笑话，下个世纪一定会有生态环境保护主义人士，对抗科技滥用成灾，作出相类似的实践。

多管闲事的子贡挨了那老头儿一顿骂，回去报告孔子。孔子说，那是修习浑沌氏族道术的人，所以拒绝科技文明。查内篇《应帝王》之结尾，说浑沌生活在蒙昧中很幸福，七窍一旦凿开，便呜呼哀哉了。结合着读，就知道庄周根本质疑于整个文明，岂止科技一枝而已。

古之读书无用论

一九五〇年，我已到报社，得四川大学通知，要我返校复学。我拒绝了，心想："都解放了，还回课堂！"两年后又调到省文联，发奋读书。奈何"越读越蠢"，终于沉船。倒是某些肯"实践"而不肯读书的都上去了，仕途晴明。历次政治运动中的种种事实，促使读书无用论之形成。到一九六六年浩劫来临，此论乃臻大备，读书不但无用，而且有险，危及性命，祸连家人。

真想不到，读书无用论导源于《庄子》。《天道》篇尾讲了一个故事，说斫车轮的工匠，名扁，看不惯齐桓公高坐堂上读书，上前去问："老爷，你那书上写些啥呀？"齐桓公答："圣人之言。"又问："圣人还在吗？"又答："逝世多年了。"轮扁说："老爷，你读的是古人的糟粕嘛！"齐桓公怒，叫轮扁说清楚。轮扁说："我是大老粗，只懂斫车轮。最关键的技巧，心头明白，没法说给徒弟。古人死了，最关键的心得便失传了。留下的书，你正在读的这一捆竹简，据我看只能是一堆糟粕。"

本来嘛，迹非鞋，鞋非脚，由迹而脚，其间已隔两层，够远的了。六经不过是先王的鞋印，并非先王自身，读了未必有用。世人迷信书中有道，所以读书求道。道受崇敬，书也跟着受崇敬了。书不过写语言成文字而已，崇敬书又不如崇敬语言。语言受崇敬的原因，又全在所蕴藏的意思。可见应该崇敬的仅仅是意思。意思的背后还有难以表达的玄妙，语言说不清楚，文字写不明白，却又正是最关键的东西。所谓妙不可言，指的就是这类东西。庄周在《天道》中不视书为珍贵，宣言说："世虽贵之，我犹不足贵也。"公开同世俗唱反调。吊诡的是，读书既然无用，他做《庄子》三十三篇干啥。他在《天下》篇中，自夸《庄子》一书"下可配合读者调谐人生，上可帮助读者憬悟天道"，明明是说读书有用。

话说转来，那些说不清楚写不明白最关键的东西确实存在，但不能成为不读书的借口。读书譬如秉烛，固不能照亮每一个角落，但总比摸黑好。轮扁说古书皆糟粕，乃庄周"片面的深刻"。吾人可领会其指归，不可据此推演下去，堕入荒谬。远有秦火焚籍，近有"文革"烧书，皆能反证书籍乃黑夜之烛光也，用处甚大，不可不读。

革命之道，书外别传，并非照搬马恩列斯，一读便得。这道理当然对。岂止革命，便是炒股，也不能死啃《炒股学大纲》。但是，道理推到极端，便成荒谬。看不惯读书人心高气傲，听不懂读书人炫典耀故，容不得读书人说东道西，便给他一耳光，说他"越读越蠢"，兼且罪及枣梨楮墨，搜来付之南方丙丁，此又有异于古之读书无用论，不可不察。

庄周笔下之龙

旧时李姓人家，堂上悬匾，多书"犹龙世泽"四字。此乃标榜老子。老子姓李，大圣人也，所以李姓人家多认他作始祖。"犹龙"一词，算是典故，出《史记·老子传》。据载，孔子见老子，出来赞叹说："其犹龙耶！"意谓老子修养极深，似龙变化叵测。《史记》所载：原出《庄子·天运》。《天运》篇尾，孔子见老子，大吹仁义，碰钉子后，哑闷三日，叹曰："吾乃今于是乎见龙！"亦谓老子见识高超，变化无常，犹龙之可大可小，可飞可潜，可显可隐。非实指其为龙，譬喻而已。先秦典籍，比某人为龙者，自《庄子》始。《庄子》书中又两次说圣人"尸居而龙见"，端坐入定，忽显龙形。事涉神秘，又不像譬喻了。但在书中别处却明白说，龙乃仙人坐骑。乘龙遨游四海，好比乘坐现代波音飞机，龙不过是交通工具罢了。稍晚于庄周的屈原说"驾飞龙兮翩翩"，亦坐骑耳。道家宣传黄帝宾天，也是骑龙去的。古人想象龙为坐骑，所以《尔雅》说"马八尺为龙"。龙毕竟属牲畜，但具神性，异于牛马而已。是庄周第一个比圣人为龙的。此乃文学譬喻，个人创作，并非当时民俗有此观念存在。弄清楚这点，我看很重要。

古者政教合一，皇帝兼做圣人。秦始皇被呼为祖龙，意即头号圣人。汉继秦后，刘邦无赖，也充圣人，编造神话，说他爸爸野外看见龙交配他妈妈，怀孕后，生下他。他当然是小龙，完全不顾虑他妈的名誉。从此以后，代代帝王以龙自拟。庄周比圣人为龙，谓其见识高超，变化无常。后世拟帝王为龙，谓其具有神性，权威可怖。前后不同若此。庄周泉下有知，定当悔恨。

有趣的是，孔子明喻老子是龙，楚狂暗指孔子是凤。《人间世》篇尾，楚国狂人接舆跑到孔子门前唱歌："凤兮凤兮，何如德之衰也！"何如的如就是尔汝的汝。呼凤兮而汝之，孔子便是凤了。你看，一老一孔，一道一儒，一龙一凤，配得多巧！闻一多说中国文化就是龙凤文化，极确。凤有文采（纹彩），比于孔子儒家学派，谁曰不宜。历代帝王不取象于凤而取象于龙者何？威怖较之赏美，毕竟更具实用价值。

辛亥革命推翻三千年帝制后，再无政治野心家敢以龙自拟，否则必遭国人声讨。末代皇帝溥仪都换脑筋，不相信自己是一条龙，而以做一个自食其力的劳动者为荣，我们这些现代社会公民，又何必自拟为龙子龙孙，去做什么"龙的传人"？"亚洲四小龙"，欧美的说法。旧大陆自古有圣乔治斩龙的民间传说，龙为丑恶象征，今加诸亚洲人，恐亦带有意识深处的敌视吧。不驳斥也可以，但犯不着领回脏帽自戴，以为这样便能张扬民族豪情。窃恐失察，贻笑世界。

附记：

拙文《庄周笔下之龙》登出后，我发现末段内"旧大陆自古有圣乔治斩龙的民间传说"一句被改成"中国自古有圣乔治斩龙的民间传说"，不胜惶恐，怕误导了读者，特此更正，将中国二字改回为旧大陆三字。

英伦三岛称欧洲大陆为旧大陆（Old Continent），称美洲大陆为新大陆（New Continent），此系常识，不宜弄错。圣乔治（Saint George）乃欧洲大陆古代传说之英雄，为英国守护神，今尚有圣乔治勋章之颁发。传说他曾勇斗恶龙，斩之丛莽，救出恋人。前苏联有影片《美丽的华西里莎》，四十年代译名《斩龙夺美》，那个小三哥便是他。吾国藏族有青蛙公主之传说，汉族有月中虾蟆与嫦娥之传说，皆与圣乔治斩龙之传说有关联。但圣乔治毕竟不是中国古代传说之人物。

流沙河　1996 年 10 月 15 日

以上二十三篇 1996 年春到秋作

何谓 "呼灯篱落"

——答读者来信

敬悉来信，知你对我有所垂询。信中提出人民教育出版社中学语文室编著的中等师范学校语文教科书（试用本）《阅读和写作》第二册内选有拙作《就是那一只蟋蟀》作为课文。这首诗第四节前七行如下：

就是那一只蟋蟀
在你的记忆里唱歌
在我的记忆里唱歌
唱童年的惊喜
唱中年的寂寞
想起雕竹做笼
想起呼灯篱落

你说，你不懂 "呼灯篱落" 是何意思，因为编教材者未作注释。

学生提出疑问后，你感到难以回答。你们语文组的老师也众说纷纭。有的说"篱"是捉蟋蟀的工具，"呼灯"就是把灯吹灭。"呼灯"和"篱落"是小孩捉蟋蟀玩时的两个连贯动作。"想起呼灯篱落"，诗中写这一行，意在唤起对童年快乐的回忆。你问我："这样去理解，你认为对吗？"

我的回答：不对。我的诗已经写得够明白了，犹未能被确切理解，足见读诗之难。前一行"想起雕竹做笼"已写到用小刀雕刻白葭竹做蟋蟀笼了，笼已有了，握在手了。接着这一行就写去捉蟋蟀，到园圃边的竹篱下面去捉。"篱落"是双声词，单言之就是篱，竹篱。捉之前先侦听。听准了鸣声在篱下何处，然后吩咐："快拿灯来！"从前点油灯盏，今小孩多不识。油灯盏"呼"来了，照得见蟋蟀了，然后以手掩捕。捉住了，纳入笼。从前夜晚没电视看，捉蟋蟀便是小孩终身难忘的乐事。小孩捉蟋蟀玩，不读宋玉，不懂悲秋，所以南宋姜夔词《齐天乐·蟋蟀》有"笑篱落呼灯，世间儿女"含泪水的感叹句了。我借姜夔佳句入诗，倒作"呼灯篱落"，意在押歌寰韵。作诗借古人句，在意境中形成双重投影，用得好时可以丰富内涵。不算用典，这叫借句。今之新诗人不懂这手法。有懂的也认为过时了，鄙而弃之。我保守，所以用。各行其道可也。

1997 年夏

星寒两年祭

亡友星寒，一去不返。朋辈茶聚，忽忽若有所失，于兹两年矣。犹记一九七九年长夜破晓之际，星寒以《为民主争辩》一诗载北京《诗刊》，声誉鹊起。随后华章不绝，涉笔议论尤佳，真才子也。前日路过东城根街星寒故居门外，暗自疑心亡魂尚在敲电脑写文章给鬼看。星寒逝世前，与文询江沙二友以及鄙人，合写四声鹃专栏于晚报副刊，各得舞笔弄墨之趣。奈何"孟郊死葬北邙山，日月风云顿觉闲"，吾辈亦疏懒了。当兹两周年之忌日，抒怀得诗一首如下。

> 朋辈高楼忆陨星，
> 关机电脑已封尘。
> 转世投胎满两岁，
> 安茶设座空一人。
> 伤心怕过城根路，
> 颤手难为纸上文。

蜀鹃寂寥归林后，
今日野啼三两声。

1997 年 12 月

叶石先生灵前

　　五十年代之初，听先生作报告，风度翩翩，意气盈盈，获满场大鼓掌。后值五七大难，贬成都市图书馆，每日低头骑车上班。文革受虐，濒死者再。迨至七十年代之末，昏暗岁月结束，先生有幸复出，不以仕途蹭蹬为念，奋力为四川省文联平反冤假错案工作，积劳积忧，撄疾撄病。忆及八十年代之初，先生住将军街一小院，孙女多多绕膝承欢。前日乍见，惊绕膝之多多已长成大姑娘，正是"去日儿童皆长大，昔年亲友半凋零"，不胜悲叹。五十年前南下入川以来，先生一直以笔工作，古人所谓怀铅是也。诗曰：

　　　　怀铅南下唱军歌，
　　　　五十年间竟如何？
　　　　峰上红叶经霜染，
　　　　涧中白石耐水磨。
　　　　身后长物惊少少，

灵前孙女哭多多。

正道直行终不改，

暮云难掩一嵯峨。

1998 年 5 月

谨向刘妈致敬

自尊而后人尊，自重而后人重。尊师重教尤其如此。师长与教官，其必自尊也，而后人尊之；其必自重也，而后人重之。大学教授何为者？传道授业解惑也。中国百姓尊师，旧时人家堂上，早晚烧香，所拜天地君亲之下便是师了。应知教授一职，庄严神圣。教授头衔亦如"国之重器"，不可随便假人。未曾听说过某教授博学，歌剧院便赠他演员头衔，哪能因为某演员名声大，大学校便聘他为教授呢！若说某星捐资助学，对本校有贡献，姑宠之以教授荣衔，似乎也通。所可疑者，尚未听说过某施主出钱为佛像穿金，寺院便酬赠他大和尚荣衔的。今之最高学府，难道还不如寺庙吗？

如果校门大开，继续弄些三流演员来展风采，登台胡诌，也充教授，其结果只能是误了青衿学子，丑了真正教授。须知献艺再精，非传道也；仪态再佳，非授业也；噱头再妙，非解惑也；舞台再高，非讲台也；虚名再大，非实学也；捧星再热，非尊师也。可叹有些当师长的，当教官的，其见识竟不如刘晓庆的妈妈。刘妈答客问，说得多好啊：

"我们晓庆文化不高，只能当学生，不敢当教授。"

在此谨向刘妈致敬。师长们，教官们，请采纳刘妈的善言吧。当兹社会转型期间，吾人还宜自尊自重，表率莘莘学子，吃得苦，耐得穷，各自守好薪火，切莫见星眼亮，见钱眼花，丢了杏坛之脸，堕了青云之志。

1997 年 12 月

比三 *K* 党反动八倍

香港刘君济昆，编报多年，天性诙谐，顷有长篇幽默小说《断雁叫西风》在港出版，开我眼界。我想起八年前济昆著《"文革"大笑话》一书，序是叫我写的，所以印象甚深。那些笑话都是他身历的和见闻的，绘声绘影，非杜撰也。时值一九六六年浩劫刚开始，他在四川大学读书，算是印尼归侨学生，被揪出来，以"炮打江青同志"之言论定罪为现行反革命分子，大会斗争，关进"群众专政大楼"。与此同步，革命小将涌入宿舍，查抄了他带回国的一只皮箱。电台啦密码啦确实没有，却查到了一只金戒指，环上压有"24K"字样。小将们听说旧社会女人兴戴戒指，未闻男的也戴，遂生疑窦。抄家队队长觉悟高，对"24K"之组织惕然而警，怒然而愤，立刻去提审刘济昆。

队长喝斥，叫交代金戒指谁给的。刘济昆回答，女朋友送的。

队长不信这一套，警告说："哼！你想狡赖！毛主席教导说，群众眼睛是雪亮的。这个'24K'明明是反革命特务秘密组织的代号！"刘济昆申辩说："确实是女朋友送我的定情物。"队长大喝道："坦白从宽，抗拒从严！不老实交代，绝无好下场！你以为我不知道吗？你那'24K'反动组织，哼，比美国反动的三 K 党还要反动八倍！"

1997 年

《新文学散札》序

为《〈围城〉汇校本》吃官司，龚明德先生冤哉枉也，友人皆知。为中国新文学小说名著出汇校本，是他的大发明。这有必要吗？我看有必要。因为这些名著一再翻版，作者随之一再修订，已成常例。汇集新旧版本而比较之，而互校之，从文字的改动看文心的改变，可加深对作者的了解，为中国新文学小说名著研究新踩一条路。这难道不好吗？好固然好，奈何出版法规可能尚欠周密，牵扯到作者的权益，终不免吃官司。蜀谚云："起得太早，遇见鬼了。"此之谓也。关于《〈围城〉汇校本》的是非，明德先生有一篇答记者问作申辩，说得十分透彻，载在这本《新文学散札》之末，读者不妨先看。像这样谨愿廉洁的书呆，遭如此不明不白的屈辱，实在令人灰心丧气。幸好这个书呆还有三分堂·吉诃德精神，白眼也好，青睐也好，一概不管，依旧闭门蠹书不已，考证不已，以一种非功利主义的激情投入著述，完成了这本考证性质的《新文学散札》。

有幸做了本书第一个读者，我很快活。明德先生发现之乐跃然纸上，被我首先发现，这便是快活的源头了。且举一例，先让读者看看。一九二四年创办的《语丝》，刊名是怎样取的呢？据鲁迅说，"听说是有几个人，任意取一本书，将书任意翻开，用指头点下去，那被点到的字便是名称"。这是最权威最经典的说法，四十年代做中学生我已敬闻，觉得太有趣了。偶有一点点疑问在心头："语丝一词很美，任指两字凑得起吗？"明德先生一考证便发现鲁迅听荧，其说不确，而顾颉刚之说才对；再考证又发现顾颉刚也不对，至少不完全对。层层剥篛，直至笋出，其间有大快活，唯考证者知之。乾嘉学派留下的考据传统，五四运动引进的科学方法，中断多年之后，有书呆来承续，亦大幸事。他说："中国新文学仅仅三十年的历史，却有那么多人为的混乱急需去细心梳理，而被国家养起来的专门研究人员大多忙于高深学问，不屑于这些琐碎的学科基础工程。"引文见本书内《〈艾青全集〉中的半首诗》一文的结尾。书呆识小，出言不逊。还望那些"忙于高深学问"的专家不要同他一般见识。

考证工作原是一柄解剖刀，刀锋过处，脓血出焉，常为讳疾者所不喜。就拿诗人老前辈汪静之的《蕙的风》来说，便可能弄得人下不了台。明明是周作人批改过，却要"弟冠兄戴"说鲁迅批改的。谁说此诗不好，谁就是"封建遗少"。闻一多痛骂此诗只配擦屁股，却装着未听见。被谑呼为"摸屁股诗人"的章衣萍为此诗抱不平，投入笔战，竟然只字不提。鲁迅为此诗说了两句帮腔的话，却拿来炫耀了六十年，借此猎誉。书呆跑来嗅嗅，一刀划开，细割精剔，真相大白，快哉快哉。中国现代文学史之论述，应立足于考证的基础，不应凭名单学月旦人物，铨衡作品，这样才站得稳，不轻易为来者所掀翻。围绕《蕙的风》之真相，仅一例耳。除了这类令我呼快哉的解剖，书中更多的是细微而精密的探索，事如打捞沉船，所能发现的无非是一些断板残壁而已。你可以瞧不起，说琐碎了。然而，对治史者来说，不捞起这些断板残壁来，便不可能镶复船体，其重要可知矣。当兹钱潮拍岸之处，金梦迷魂之时，幸好天生一些书呆，不计功利，潜到海底去捞，忘却一己得失，四季炎凉。概自仓颉造字以来，这类书呆便代代有之了。我们应该感谢他们。

上月将杪，明德邀我和内子去参观他的六场绝缘斋，入斋不见书在哪里，怪哉。哈哈，原来万卷书藏在墙壁内。非也非也，所谓墙壁原来是书柜的伪装。赞赏之余，想起汉代鲁恭王拆毁孔子故居的墙壁得古文藏书事，悟及书呆不分今古，所见略同，不禁大笑。当此时也，明德先生拿出此书之印刷清样本，嘱作序焉。谨受吩咐，先逐页通校过，改错字八，写稿纸三，乃毕。时在一九九六年七月二十二日，二伏头一天也。

虎洞喝茶看云飞

　　这是下联。上联是"龙潭放尿惊雾起"。联我撰，赠冉云飞先生的。序年齿，我蠢长他三分之一世纪，差距太大。按行迹，我和他很相似，都从诗域逃到文场，并逃因亦相似。概自九十年代以来，他的随笔文章沈泉侧出，以其胆识和戏谑，怵悸我，忻快我，乃知吾蜀中尚有人在焉。喝茶去虎洞，胆识也。放尿入龙潭，戏谑也。这些随笔文章都编在《阳光与玫瑰花的敌人》这本书中出版了，我刚点读一遍，有幸为文荐之。

　　云飞先生读书极其饕餮，口感不择，胃纳能容。不择乃博，能容则大。加之消化良好，排泄畅通，所以至今仍未胀成可笑的书呆子，比我深谙社会上的各种B门，真个"世事洞明"。幸好固守山民鄙朴，尚未"人情练达"，不然又要少一个读书种子了。他供职某文刊编辑部，每日黄昏散步，爱去地摊淘书。事若村童断溪戽鱼，虾蟹都不放过，而乐在其中矣。淘书勤，读书猛，腹笥既充盈，目光又透彻，发而为文，随手拾得刀枪斧锤，开腔便有奇呼怪啸，一路杀来，让壁上的看官如我者拍掌叫好，已是意料中事。书不误人，信哉。

这本书中最深得我心者当推《关于焚书》一篇。祖龙咸阳焚书，为文化专制之象征，被后人诅咒了两千年。云飞先生却点醒说，"焚书的阴魂不散是因为有知识分子帮皇帝烧"。从李斯到纪晓岚，这类知识分子哪代没有！"文革"期间我曾偷写长诗《秦火》，竟未想到这一层来。怕死罪，偷烧了。太浅薄，烧了好。又有《文人自贱》一篇，亦正搔到贱躯痒处。我辈吃过苦头，眼见痦风一派走红，既不愿去认同，亦不必去排异。且让"那些穿中山装扣封颈扣的人"去悲叹秋扇之见捐吧，干我辈何事耶。我辈布衣，"哪怕为稻粱谋，也并不可耻"。但是，云飞先生又提醒说，"文坛一旦有风吹草动，变脸极快，善于告密者多是他们"，不可不防。我看，不去认同就是最好的防。还有《我看曹操》一篇，结尾拖出《三国演义》一顿洗涮，令我莞尔。想起一九八八年在乐山敬聆《长征》作者索尔兹伯里之金句云："没有什么主义，只有三国演义！"既震骇，又佩服，点中了我民族之痼疾——三十六计加七十二变。

书中有分析何大草小说写荆轲的《衣冠似雪》长文一篇，从文本内发掘出"尚武时代的终结"，别具慧眼，启我覆盆。借此长文，亦可窥见"做学问的"云飞先生也还有几刷子，上得杏坛。有些作家"文情并茂"，可就是凑不成一案讲章。这玩意儿是学术，要硬货呢。

书中诸篇佳制甚多，难以一一道及。然其论点偶有在下所不敢苟同者，亦愿申而明之，切而磋之。一是怎样看待畅销书，云飞先生太苛严了。畅销书有害的固不少，但可罚不可禁，要禁绝也太难，因为"海上有逐臭之夫"，他们爱读。若非在理想国，读书界的自然生态恐怕只好如此。禁书，历来总是先禁舆论以为有害的书，后禁官方认定"有害"的书。一旦认定，红卫兵来搜查，聚而焚之。当时云飞尚在襁褓，或有所未闻耶？固然，他未说过要禁，只说过畅销书的制作是"经济圈套"是"阴谋"。既然如此，离禁亦不远矣。二是谈现代诗的两篇，他只从诗人的精神和思想方面去找诗歌疲软的原因，完全忽视了诗歌的形式问题（包含格律声律）。没有形式哪来诗？现今流行民谣，刺贪刺腐，忧国忧民，可有一首是自由诗？是现代诗？谁能写一首散文诗来骂公款吃喝？游览名胜题壁，能写一首洋味译体诗吗？葬母树碑，能刻一首现代朦胧诗吗？躬赴殡仪，能念一首达达主义诗吗？为人贺婚，能来一首先锋主义诗吗？形式问题，以及诗人自身的问题，使中国诗歌绝缘于大众，疏远于小众（知识分子），正在走向衰落。个人浅见如此，未知当否。三是云飞发现张放《家园的味道》一书"未经精审核校"，错字不少，慨叹"痛如何哉"。殊不知他自己的这本书也有不少亥豕，被我一一牵出，欢呼"乐如何耶"。一笑收笔。

1998 年

云从哪里飞来?

    问他为何取名云飞，他自己都不解，没法回答。又问："谁给你取的名？"还是答不知道。一九六五年他生在原四川省最东边的一角，今属重庆市酉阳县的深山中，系土家族。酉阳夹在贵州湖南两省之间，算是三交界，非常偏僻，够土了。且在远离县城的山村，更土。何况又是土家族的农家子弟，真是土到家了。冉家自来寒素，父母终身劳苦，皆未入学，想不出云飞这样腾霄拂汉的雄名，那必定是山村里某个老儒给他锡的嘉名了。他生在蛇年，蛇算是小龙。容我臆想，那个山村老儒应是口中念念有词："云从龙，风从虎，圣人作而万物睹。"于是给他取了此名的吧。

    一九六五年出生的孩子，"生于末世运偏消"，未能受到正规的学校教育，那是必然的了。冉云飞自幼带一股野气，在山村里，有别于其他野孩子的仅一点，那就是天性爱阅读，见书而喜。小学，中学，他总在头三名，显其翘楚之姿。或应感谢那些年的政府吧，学费收得很低（大约两元钱），家贫还可减免。若照今日这样高收，哪还有啥青年学者冉云飞呢。怕只有冉泥爬，到成都来打工，睡在城郊的窝棚里了。初中毕业，告别山村，他到酉阳县城上了高中。所幸者他哥哥已工作有月薪，能够供他深造。不然他不可能读到高中毕业，又到成都读四川大学中文系。回顾八百公里来时路，他这条蛇可以说是从岩缝里钻出来的，真不容易。

望江楼旁川大校园四度春秋，正是文学复兴之年。同那些优秀的文学尖子一样，冉云飞他写诗写小说。不同的是他有强烈的知识饥饿感，啃书如蚕啮桑，昼夜不止。课桌与眠床之外剩下来的时间，都泡在图书馆里了。他的精力过剩，诗和小说消磨不尽的，都付与书籍的游览和探索。只有在书山中，他才找到了大欢乐。图书馆倒成了他的第一课堂。他是受教成才，也是自学成才。

一九八七年川大毕业后，冉云飞调来四川省作家协会做编辑工作。虽然同在一个单位，他与我在七八年间绝无往来，点头之交而已。他一身衣着像个打工仔，示人以土，毫不惹眼。却又君子自重，不肯随便迎合他人，尤其是所谓的名人。他那时蓄长发，傲然过市，似承袭了魏晋名士遗风。有两条传闻，亦不知确否，姑录以凑趣。一是他曾星期日抱着吉他放歌街头，扯起围观圈子，公然卖唱，就像流浪歌手那样。二是他喝醉酒在庭院中痛哭骂世，作了今日之贾长沙，借以抒散一腔抑郁。后来结婚了，有女婴了，母亲从老家接来了，魏晋遗风才收敛了。

此后，由于读了冉云飞的泼辣文章，心头喜爱，同他渐渐有了往来，互请教益，遂成忘年之交。论年龄，我是他的两倍。年若不忘，怎样交呀。说是互请教益，亦有据焉。我说自己分辨不清入声，他就借给我一部线装书林山腴《入声考》。我从中归纳出入声口诀八段，大受其益。我说自己不了解民主政治的现代理论著作，他就告知我两本书，且概括其内容，启我眼界。其人旁通杂学，颖悟妙理，相与对谈，欢声彻户，甚是快活，真学友也。

冉云飞之搜购旧籍，与龚明德同等勤奋。他们逛遍了成都的每一处旧书摊，不说买书而说淘书，淘书如鹈鹕之淘河捕鱼，检视精明，绝不漏嘴，既省了钱，又集了知。集为他日大用，全不在乎此书眼前有用无用，正是世俗所笑的书痴也。每次假日见面，他总是刚从旧书摊渔猎归来，帆布挎包胀臌臌的，笑着一一展示友人，其中多有意料不到的书。这些书，有的随即陆续读了，摘采所需，录入电脑备用；有的暂时放着，急时再读。好笑的是迫不及待，归途走在街上就读起来。有一天见他一边读一边走，读到会心处，脸上还带笑。拦住问读的啥，原来是哈耶克《通往奴役之路》。放他走后，回头目送，见他低头还在走读，穿行在人群里。"能笑读这类书，异人也！"当时我想。

在阅读中广猎深搜，在研究中旁通侧悟，寒窗十年，冉云飞完成了作家向学者的腾跳。拂云还谈不上，但是飞起来了。所乘飞毯乃以下出版的六部著作：

《尖锐的秋天：里尔克》（一九九七年）

《陷阱里的先锋：博尔赫斯》（一九九八年）

《阳光与玫瑰花的敌人》（一九九八年）

《手抄本的流亡》（一九九八年）

《沉疴：中国教育的危机与批判》（一九九九年）

《从历史的偏旁进入成都》（一九九九年）

这些著作都产生了广泛影响，为人称道。其间尤以第五部的《沉疴：中国教育的危机与批判》一书最为警世醒愚，直探当代教育病灶所在，呼吁开刀割瘤，引起八方共鸣，显示作者透视的目力与鼓呶的勇气，为天下有识者所敬佩。我曾撰联一副送他。上联："龙潭放尿惊雾起。"下联："虎洞喝茶看云飞。"对着龙潭放尿，坐在虎洞喝茶，都要有胆有识才行。上联说雾起，潜龙将要跃出来，找那敢放尿的小子算账，所以用一惊字。后来事实证明，这是虚惊罢了。连某重点名牌中学校长都公开赞赏他这部呼吁开刀之作，只是我替他捏出一把汗而已。

1999 年春

《廖鸿旭自传》序

　　人生百年，六十才算及格。能吃满分的又有几个人，所以世人要悲叹人生短暂了。然而生命的质量是高是低，哪能只看寿命的长短。孔子说："朝闻道，夕死可矣。"可知衡量人生另有尺度，那就是看一个人是不是闻道了。道在何处？怎样去闻？道在自身，省察自己而有所得，而有所悟，便可以称之为闻道了。这与古希腊人说的"认识你自己"意思相同。省察自己，把自己认识清楚，最好的途径就是写自传。

　　奈何世人浑浑噩噩者多，活到老尚不知"我是谁"。要他们看清楚自己，太难。他们，正如安东·契诃夫所说的那样，"宁愿相信自己是月亮上的一块岩石，也不愿相信我就是我"。他们眼中的自己，无非是一堆财产加一笔存款或一串官衔加一个职称而已。他们的"认识"就是不认识。其间，不能者固有之，不愿者亦有之。

　　廖工程师鸿旭先生，四十年代的乡村一牧童，赤脚跑到成都来学做木匠，酸辛备尝。以其心灵手巧，习得梓人绝技，到五十年代乃大展宏图，劳模当过，领袖见过。又在八十年代退休之后，隐居青城后山楠庄，混迹农夫野老，被尊呼为廖幺爸，于匠作之余暇，竟然写出一部自传来，使我读后大受感动。我在这本书中看见鸿旭先生怎样省察自己，认识自己，不护一己之短，不掩他人之长，力求取信传真，剖析自身，观照历史。文采谈不上，但非常真实。唯其真也，乃存善焉，所以感动我者正以此啊。像这样的一部自传，出之于勤苦的匠作老趼之手，我还是头一回读到，难得难得。

鸿旭先生抱朴藏拙，从未想过扬名文苑。促使他伏案摇笔的，非名非利，乃是良知，省察自己的那一种良知，以及热情，认识自己的那一种热情。他一定有所得有所悟，脱离了低级趣味。不然就不会写什么自传，自找苦头吃了。我尊敬他，正以此啊。

一部自传的真实性，不仅具有个人意义，兼具社会意义。个人史即社会史之缩影，所谓一粒沙中看见世界是也。读者欲认识社会变迁吗？请读此书吧。

1998 年 5 月 12 日

劝诗人写文章

电话打来，叫写一篇短文。问编辑写啥。答："谈谈与重庆及其晚报的关系。"还露底说，此项奖奖金两千元。既如此，拒写便非明智之举了。钱这个字，万古常新，愈看愈有精神。特别是繁体的钱字，布阵整严，却又作愉快状，能听见金属的丁当声。遗憾的是，此乃吾人意识投射所造成的主观心象，并非客观物象。这个钱字，两千五百年前，是指一种铫土用的农具，不是金属货币，不读 qián，而读 jiǎn（音与剪同）。话扯远了，还是说货币的钱吧，比较通俗，大家都感兴趣。

曾撰一联，嘲己嘲人。上联：短短长长写些凑凑拼拼句。下联：多多少少挣点零零碎碎钱。从前我写诗，就是这样的。这样写下去，住房改革来了，要补交几万元，到哪里去找？多亏我逃得快，叛诗投文，免得去偷去抢，给公安机关添麻烦。有诗人宣誓说，绝不背叛缪斯，愿与诗共存亡。我看这未免悲壮过头。他知道吗，缪斯有九姊妹，除诗以外，还管哲学、史学，乃至音乐、戏剧等等？当叛徒的，成都有鄢人，重庆有李钢，都算不上写诗的瘟猪仔。不必把诗看得那样神圣。

不再写那些长长短短句，非不能也，是钱少也。不说钱是绝不行也。

叫谈谈我与重庆晚报的关系。想来想去，忽然明白，关系密切。那就是钱，她给，我拿。钱拿得越多，证明贡献越大，因此我还当继续努力。

1999 年夏

谈《庄子现代版》

　　青年时代我就爱上了庄子的文章。《庄子》这一部书，是先秦诸子中写得最精彩的一部。年轻时，我纯粹从艺术魅力方面感受《庄子》。十三岁那年，初中时，老师给我们选了《庄子》第一篇《逍遥游》，一背诵到第一段："北冥有鱼，其名为鲲。鲲之大，不知其几千里也。化而为鸟，其名曰鹏。鹏之背，不知其几千里也……"啊，眼前出现了一只大鹏鸟，这个形象很好，飞得好高！九万里！还嘲笑其他的小鸟，没有它飞得高，还嘲笑其他动物，不理解大鹏为什么要飞九万里高。觉得好有趣，读得神采飞扬。后来，青年时代通读《庄子》三十三篇才发现，年轻时，一点也没有把《庄子》读懂。如《逍遥游》，我们以为是赞美大鹏鸟飞得高远，所以后人说远大志向，用大鹏比喻，或给儿子取名为"鹏飞""大鹏"之类。其实不是这样的。《逍遥游》里仍然不认为大鹏有什么了不起！在庄子眼里，你是小鸟也好，大鸟也好，有的飞得高，有的飞得低，有的飞得远，有的飞得近，实质上，它们都是不自由的。大鹏鸟和小鸟一样，它们要飞起来全凭借空气，如没有空气没有风就飞不起来。如风小了，不足以把大鹏抬起来，大鹏也飞不起来，因而大鹏不自由。《庄子》说的是，我们怎样才能完全自由。人活在世界上，能做到一无所求，就是真正的自由，就是真正的逍遥。《庄子》第一篇的真正宗旨就是要我们一无所求，不要为名利所累，不要老是想到要去得到一个什么东西，因为只要你这样想，你就有所待，就像大鹏在那里等待风一样；你要无所待，放得开，有所放弃。从这个角度说，庄子的这种思想是消极的。但如果我们从积极角度去理解，你应该懂得放弃自己力所不能及的，做到自己能够做的那一点，这样才能处在一种自由状态，一种逍遥状态。

整部《庄子》三十三篇，讲到很多道理，不是直接讲，是通过一些故事讲出来的，因此我们说庄子的书不是什么哲学著作，而是一部文学书，它着重于形象的阐明。若说《庄子》道出一种思想，最鲜明的思想，就是对文化的批判。庄子生在战国时代，经历了各种残酷的战争，战争给百姓带来了巨大的灾难。那时中国分裂成许多小国，这些战争没有一个谈得上正义，倒是所有国家的执政者，都在振振有辞宣传道理。那时最流行的有儒家、法家、墨家、农家、兵家、阴阳家，都提出各自的理论，这些理论都没有给老百姓带来和平。往往是某一小国之君，他用了某一派理论，其目的仅仅是为了战胜他的邻国。因此庄子对这些诸子百家表示深刻的怀疑与悲观，他认为，人类有了文化，固然带来了物质文明，但同时也带来了战争。物质文明拿来制造武器，思想成了发动战争的理论。庄子对当时的文化持一种批判态度，这种批判放在今天，也仍然是片面的。但要知道，这个片面是深刻的片面。对任何文化都不能不考虑它可能产生的消极后果。比如科技文化，确实带来了现代化，但现代化又带来一些其他问题。难道大家看不见吗，大气的污染，土壤的退化，森林的砍伐，而且对未来社会造成威胁。面对这些现象，我们回过头去看庄子，只觉得他绝顶聪明。

他在那个时代已经为我们敲了警钟，就是一切优秀文化，都有可能带来消极后果。庄子的这种思想从头贯到尾，就是对历史文化的批判。

　　庄子的思想有一点跟老子的相似，叫作"无为"。这个"无为"给后来不读庄子书的人，造成很浅薄的误解，认为"无为"就是不做事。显然这是不可能的，庄子他就做了事，写一部六万多字的《庄子》。原来，庄子所说的"无为"的"为"，在他那个时代相当今天的"伪"，即"人为"的事。庄子说的要"无为"，就是说我们应该顺其自然，不要没事找事，不要制造麻烦。回想起来，我们这几十年来做了多少可以不做的事，比如五十年代农业集体化，后来的公社化。中国农业是否由于那样努力地去"为"，而获得了进步呢？后来人民公社解散了，解散了人民公社就是"无为"。从这个角度去理解庄子的话，就会知道庄子实际上是尊重客观现实，不赞成违反客观规律的。我们今天参考庄子的看法，可以用批判的态度吸收对我们有用的，这就是我著《庄子现代版》这本书的原因。我不是直接把《庄子》译成白话。《庄子》这本书深奥，不是深奥在它的语言文字。如果仅仅是语言文字的隔阂，那么译成白话，不就完全懂了吗？绝对不可能。这是由于庄子在著书的时候，不是按照我们的思维习惯，而是跳跃，跳跃，在书中飞翔，行文留下大量的空白。我的这一本《庄子现代版》，实际上就是把空白给你填满，你就能读懂。好比上楼的梯子，横格抽掉了许多，你就非常难向上爬。我把他抽掉的那些横格安起来让你爬，你就上得去了。

1999 年

四面看庄子

　　此人活在距今两千三百年前，人们叫他庄子。子者，男子之美称也。庄子，这是尊敬的称呼，亦即庄先生。庄先生活着时，履历不显，声名不彰，又厌烦交际，所以除了随身的几个弟子，少有人认得他。他死后两百年，司马迁著《史记》写老子列传，顺便把他的小传附录在老子列传之后。附录小传当然简略，仅有二百三十五字，字虽然少，也算难为司马迁了。你要知道。司马迁那时搜集庄子的材料，庄子已死两百年了。两百年间，经历暴秦焚书，又遭楚汉厮杀，以及汉武帝的"罢黜百家，独尊儒术"，先秦史料星散，搜集工作多么难做。试看我们今日，搜集一些两百年前曹雪芹的材料，立个小传，多难。偏偏传闻比事实更有趣，向声背实，误假为真，笔下哪能无讹，又添益了存真之难。由是观之，这二百三十五字的庄子小传，真实程度恐怕不高。尤以其后半部分一百〇二字写楚威王派人来请庄子去做相爷一事，最受今人置疑。的确，这像传闻，不像事实。由于所写庄子的答话很有趣，又能映照出庄子的清高与诙谐，便误假为真，被司马迁看晃眼了。二百三十五字减去一百〇二字，可怜仅剩一百三十三字，小传就更小了。

庄先生的为人，概言之，四句可以说透。一曰立场，站在环中。二曰方法，信奉无为。三曰理想，追慕泽雉。四曰修养，谨守心斋。四句分说，唠叨如后，读者其谅。

"环中"一词，《庄子》书中两见。见于《内篇·齐物论》者云："得其环中，以应无穷。"见于《杂篇·则阳》者云："得其环中以随成。"庄先生用一只圆环比喻社会。人间一切冲突搏杀，你死我活，血溅泪洒，皆在环上进行。环上每一点都可能成为斗争双方之任一方的立场，所以你不要站上去。环上既然站不得，有危险，你只好悬浮在圆环中的空虚处了，这就是"得其环中"。动词的得作名词用就变成德。得了环中，算是有德。环上是非无穷，矛盾无穷，斗争无穷，都拿你莫奈何，你就能够活满天年，不亦乐乎。待到乱世转入治世，斗争缓和些了，秩序安定些了，你仍须谨守环中的空虚，切勿蹈实。环上的是非，你不必参与。对事物的演变，既不应去推动，也不应去抵制。最好是顺其自然以成之，这是"随成"。用儒家观点看，庄先生太滑头，算不得大丈夫。

"无为"一词，《庄子》书中频见。无为绝非是袖手不做事。你要吃饭穿衣，娶妻养子，成家立业，哪能不做事呢。无为的这个为，相当于加人旁的那个伪。伪者何？人为也。不要没事找事，吃饱了撑着似的，凭你那古怪的思想，今日红花，明日紫草，做不完的社会实验，违戾自然，折腾百姓。这是对官说的。你若做老百姓，亦宜各治其事，少去管东家长西家短，这也是无为嘛。作为行事接物的方法，无为就是要遵循客观规律，不要违反规律肆意妄为，徒孳人祸，贻笑青史。不过，用激进观点看，庄先生太保守，算不得革命家。

"泽雉"一词，出自《庄子·内篇·养生主》，今呼野鸡者是。野鸡觅食林中，十步才得一啄，百步才得一饮，十分劳苦。虽然劳苦，也不愿被关入养禽苑，吃自来食。关在苑中，不愁觅食，精神旺盛，但是不自由，终归不快活。庄先生的理想就是做一只自由的野鸡，再劳苦也心甘情愿。在他眼中，自由比面包更重要。用市侩观点看，庄先生太愚蠢，算不得聪明汉。

"心斋"一词，出自《庄子·内篇·人间世》，是指心灵的大扫除。心灵塞满种种成见、种种欲望、种种俗情，便昏暗了，这和房间塞满家具，室内光线便昏暗了，道理一样。家具搬走了，房间腾空了，室内就亮了，这便是庄先生"虚室生白"之说。心灵犹如室，扫除一空后，才亮得起来。所谓道德修养，绝不是叫你往脑袋里塞，愈塞愈满，而是叫你往外扫，愈扫愈净。心斋须用减法，修养并不麻烦。用实惠观点看，庄先生太自苦，算不得享福人。

庄先生为人既然是这样，必然上不受青睐于庙堂，下不被拥戴于闾阎，唯有贫穷退隐一途，愈走愈窄。他在世时，名利两空，一样也未捞到，已经非常寥落。身后寂寞，意料中事，无怨无尤。死后又过了大约六十年，暴秦统一天下，中华古文明的载体，所谓三坟五典八索九丘百家诸子，除了助虐的法家著作和实用的技术书籍，悉被查抄，聚而焚之。出乎意料的是，由于《庄子》文章太漂亮了，民间有人暗藏，烧是烧不完的，居然残留下来。魏晋之际，忽畅玄风，崇尚清谈，《庄子》可以提供谈资，乃大流行。此后千载以降，历代总有极少数的士人，不满现实，藐视权威，挑战礼法，又从《庄子》援引论点。更多的读书人惊讶于庄先生奇妙的想象与生动的描写，《红楼梦》的妙玉都晓得"文章是庄子的好"，所以《庄子》终于享誉文坛，得以不朽。只是那穷老头历经万劫转化，"为鼠肝""为虫臂"，为鸟羽，为蚁脚，天知道他变成何物了。

1999 年

四川老茶馆赋

铜壶沸开，江边雪滚之水。瓷碗冲泡，蒙顶露滴之茶。置我身于喧闹之中，闹中取静。息吾影于奔忙之后，忙后偷闲。龙井雀舌，紫笋黄芽，欲品必须上品。解闷消食，明目利尿，评功只算馀功。心既清矣，反省一日之劳。脑亦醒焉，旁观众生之相。

东桌挽袖揎拳，伙一群浑水袍哥，提劲打靶。西桌摇头诵句，坐几位白衣秀士，子曰诗云。南桌探袖摸指，聚数家牙行市侩，讨价还价。北桌拨珠了账，剩两个绅粮老爷，买田卖田。

隔桌隔山，任你四面嘲哳，座客闭耳不听。冲茶冲水，看他双脚踸踔，堂倌提壶甚忙。

这里嚣嚣，原是亲家碰头，朋友见面。那边嚷嚷，无非围鼓行乐，艺人说书。更有民事纠纷，兴吃讲茶，互争长短。终以舆情调解，凭着公道，裁定输赢。何来小贩提篮，又卖花生，又卖瓜子。竟见舵爷摆赌，或打麻将，或打纸牌。乃至剃头掏耳，捶背舒筋，张瘸腿要养活饥寒儿女。兼及看相摸骨，测字算命，王铁嘴将提醒困顿英雄。忽闻街前吹号过兵，茶客伸颈。乃知城外决囚示众，罪人砍头。又听传说，宫中关着光绪。复见布告，岭外反了孙文。

坐久阖目，魂留清朝茶馆。醒后开眼，身在现代华楼。奇梦难续，悲旧境之不返。骈章易做，喜新篇之既成。

1999 年 6 月为顺兴老茶馆作

笑读《文坛登龙术》

　　顷有百岁老翁广告征婚，报章猛炒之，国人争说之，大出风头者，此人是谁耶？正是《文坛登龙术》一书的著者章克标先生。这位先生百年出了两次风头，值得。第一次出风头，刚过了三十岁，他写作这一部"长篇杂文名著"自费出版，意欲教导广大文学青年如何找到一条终南捷径，以便"不必受什么无谓的折磨，吃白吃的苦头，舒舒服服地立刻变成文人"。授人诀窍，功德胜造浮屠，善心可谓大矣。但他又自谦说，"本书的作成，并非著者的力量，著者一点也不曾有什么发明发现在内"，应归功于那些"文坛先进之士"，是他们敢想敢做，敢攀敢爬，示范在前，他不过替他们总结诀窍而已。用这些话讪弄前辈，书一出来，遭到他们"毫不留情地申斥、痛骂、诋毁"，并"说此书轻浮、浅薄、无聊"，那是必然的了。那些严正声讨之文我未找来读过，所以不敢断言他们骂得不公，说得不对。在晚生如我者看起来，那场笔墨官司太遥远了。章先生写本书第四章某段时，我妈正在娩我，我能懂得什么。须等到四十年代后期我读高中时，在成都祠堂街逛书店，见店门立粉牌大字写着，才知悉有这么一本怪书。可见此书虽遭声讨，二十年间仍能长销不衰，自有读者。但我坚决不读，因为据传此书挨过鲁迅的骂，一定反动，不堪入目。何况当时包括我在内的文学青年，不但自居进步，而且虔诚相信文学殿堂神圣之至，文学前辈纯洁之至，岂容妄人跑来亵渎，胡说什么登龙有术。转眼进入五十年代，又听人说，此书教人怎样爬上文坛，就像《厚黑学》教人脸厚心黑一样，非常之坏。

半个世纪风流云散，《文坛登龙术》新版由四川文艺出版社印行。我从著者章先生那里讨到一本，赶快看了。看了大笑，忍不住要公诸同好。新版附录有鲁迅《登龙术拾遗》一篇，一九三三年作，后收编入《准风月谈》一书。细读此篇，便知鲁迅并未骂过《文坛登龙术》，以往传说有误，反动恶名可蠲免了。但是，未骂过的原因是鲁迅未读过。如果读了，不骂才怪。何所据而云然？第一，著者以其超然立场，齐观当时文人，不论贤愚，也不管左中右，抓来一锅煮了，通通涮了。这个涮字，现今作家爱用。愚以为是别字，用错了，应该是讪字。接着说吧，像这样的不讲立场，鲁迅会首肯吗？第二，著者视各文学团体之间的论战为"党同伐异"，绝无是非可言。"在这里，是不是同党同志，为褒贬的唯一绝对标准。同志，要团结，要拥戴，非同志要排除，要剿灭。"这显然冰炭于鲁迅战斗精神。第三，著者直指"鲁迅是特别左倾，加入左翼联盟了"，又说他和创造社的分子"同属左翼的人"，"还是不能融洽"，暗示宗派主义作祟，鲁迅看了，不生气吗？第四，著者提到普罗文学，说有些人"装得像街上的小瘪三，叫花子，或工厂中扫烟囱的，而自以为是无产作家"，鲁迅看了，可能不悦。又一处嘲笑文人装成天才状，"老了脸皮做出那疯疯癫癫的行为来"，本系泛指，但举出的例子却带普罗主义色彩："譬如见一农人在田里工作，你可以走去，跪下了叫他一声爹；或见一娼妓在街上拉客，你就过去跪下了叫她一声妈。"鲁迅也很难辗颜的。第五，著者公然说："奖掖后进，就是扶植势力。"又说："有爱好文学的青年向你求教，那么你得好好地指导他，这是你的机会，是使他更倾向你崇拜你，而你可以逐渐树立一种势力……而可摧毁旧文坛的。"还说："许多青年后进，全跟从你的左右，你是大成功了。这当然要投其所好，他们喜欢什么，你便得推波助澜，这样他们永远会拥戴你。"鲁迅读到这里，心头能无疑吗？第六，这一条最有力，鲁迅为另一件事早就骂过章克标是"豪家儿的鹰犬"了。幸好鲁迅未读过也就未骂过《文坛登龙术》，不然章先生的命运更要雪上加霜了。骂鹰犬一事见章克标著《世纪挥手》书中。

现在看来，这不过是一部滑稽之书罢了。三十年代文运左倾，文思严肃，文情激烈，文风僵硬，容不下章先生的滑稽（林语堂的幽默也容不下），自不足奇。其实此书不止讽刺左倾，非左倾的照讪不误，整个文坛被一个三十岁的青年作家扫了面子，显出丑陋真相，让人深思。

正如吾蜀李宗吾先生憎恨那些脸厚心黑之徒，才著了《厚黑学》一样，章克标先生瞧不起那些攀爬蹒跚之徒弄脏了圣洁的文坛，才著了《文坛登龙术》，以其表里春秋之笔，俳谐调笑之态，痛加针砭，实有益于世道人心，堪称善举。但就章先生自己而言，这只算文章游戏罢了。像他这样通达的人，恐怕不喜听太多的谀词，我就不说了吧。

读后未餍足者，衡诸今日文坛，那些登龙术太小儿科了，只能算ABC，远远不够用的。续篇之作，恐不能寄望于百岁老人，还须有待于三十岁的某个青年作家。啊，愿观其成。

1999 年 9 月 7 日

附：答章先生询问

克标先生：

蒙赐读大著《世纪挥手》以及《文坛登龙术》各一册，晚辈欢喜莫名，内子茂华抢着先读，堪称吾家大事一桩。有先生之亲炙，我们当可预期上寿了。在此道个双谢。

先生垂询贱名来由，敬禀如下。

四十年代末，在成都读高中，向本市报纸副刊投稿，曾用笔名流沙，出自《禹贡》之"西至于流沙"，指塞外沙漠，鄙意喜其浩瀚而已。到一九五○年参加工作，偶从旧刊上得悉早有前辈诗人用过此名，便缀一河字于后，遂成今名。年轻时誓不看旧小说，只读新文学，所以竟不知道《西游记》中有这样一条河，多有妖魔出没其中。若早知道，断不至于取名从恶，以惊骇读者，而自取灭亡。儿时算命铁嘴说我："二十六岁时淹死在河里。"长大活到二十六岁，正是一九五七年，果然淹而不死在流沙河里了。可怜人生，竟成笑话。奉上拙著《Y先生语录》，恭请厕上读之，能逗笑，增腹压，当有助益。

伏颂俪安

晚　流沙河

1999 年 9 月 1 日

读《东西方性文化漫笔》

　　读书不是看书。看书随便，车上枕上厕上，以及会上，皆可。读书则须端坐桌前，研墨濡毫，外添一枝红铅笔握在手，潜心阅览，划行杠，写眉批。这一部《东西方性文化漫笔》书稿就是这样读的。历时一句读完，胸中畅快，忍不住叫声好。

　　好在哪里？好在古今中外征引赡博，洋洋大观。好在举例生动，行文活泼。好在插图甚多，有助阅读。尤其好在本书作者李书崇先生，友人心目中的 Sexological doctor，高擎文化火炬，探照了黑暗的性问题之洞穴，使人怵目惊心，愧内赧颜，如梦初醒。

　　性问题是人类最古老的第二大问题（第一大问题是人类的起源问题）。早在史前时代，人类就为此问题而抢劫，而打斗，而杀戮，而堕落，而作恶多端了。性问题之存在，之发展，之愈演愈烈，之遥遥无尽期，使人不得不猜想，我们的始祖不是上帝创作的一首抒情诗，而是上帝同魔鬼合作的一场恶作剧。性问题本来就够严重了，被那些伪君子死死地捂起来，生怕污染了良民的耳目，不准曝光不准谈，不准研究不准写，结果加倍严重，以致溃烂流脓，浊沈社会生活各个方面。是敞开问题，严肃面对的时候了。正为此，书崇先生才冒险写了这本书。其拳拳用世之心，有司者应善察之，捂不得了。

谈性问题，宜先谈谈起源甚古的生殖器崇拜。此种蛮风野俗的孑遗，至今还存留在汉字里，若化石然。试看祖宗这两个字，你会吃惊。先说祖字，右边的且，前人早说过了，就是勃起状的男性生殖器的象形。且字是祖字的古写。有学者不同意，说这个且应该是神祖牌的象形。这也说得通。不过，栗木枣磴做成的神祖牌本身也具男根之象。既然如此，还争什么。祖字左边的示，前人也说过了，乃是悬垂状的男性生殖器的象形。示字古文，上面只有一横。下面一直，茎体是也。左右两点，睾丸是也。查字典的示部，礼社祀祇神祥福祭祟禁等字，皆与宗教活动有关系，而莫不有男根在。由此可窥见生殖器崇拜风俗之普遍，能不吃惊吗？再说宗字，一望便知那是室内供奉着男根了。所谓祖宗，竟是这个东西。在老祖宗眼里，这个东西，嗬哟，太神圣了。他们相信上帝就在里面住着，从中制造欢喜，赐给众生。这个东西必定具神性，体圣德，他们才肯去拜。"不然，我拜个鸟！"（敬引李逵同志的话）

生殖器崇拜的风俗不但残存在汉字里，还残存在实物上，如埃及的方尖碑，印度的佛塔，中国的华表、石笋、泰山石敢当。推而广之，史前时代的大石文化遗存中，这类东西比比皆是。"历史唯物"有解释说，原始部落祈求人丁兴旺，才去崇拜生殖器的，非淫乐也。我对此说存有怀疑，因为尚未见过哪个男子为了添丁才去做爱。窃以为追求快乐的原则，古人亦同今人。这样说恐怕又唯性论了，将欲置"唯物"于何处耶？

书崇先生这本书中，由于专谈性文化的现象，容易被过敏的鼻子嗅出所谓唯性论的气味来，故须预为之说。窃以为唯物也好，唯心也好，唯生也好，唯性也好，唯 XYZ 等等也好，都不过是庄子批评的"得一察焉以自好"而已，"譬如耳目鼻口，皆有所明，不能相通"，只能算个"一曲之士"罢了。书崇先生这样著书并非无可指摘，我愿他更进一步，旁通多察，稳扎稳打，立于不败。

结识书崇先生快十年了。其人好辩，发言作严肃状，"身不满五尺而心雄万夫"，断断之声逼人，若武士之斗剑，必欲见血而甘心焉。又不时抛出一段引文来，如掷暗器伤人一般，甚可畏也。今读此书，却又摆出舒徐的君子态，缓缓道来。每叙述荒谬事，例如古方房术之类，往往寓批判于嘲谑，轻轻带过算了。这是他信任读者的鉴别力，我理解。

1999 年 9 月 30 日

一大乐事在书室

　　说来不好意思，我家书室仅有三橱书。橱是老式双扇玻璃门的，容量小，不常开。书在橱中大睡，要好几年才被唤醒一回。醒来后，翻一翻，查一查，又送回去睡了，不知再见又是何年。《阿房宫赋》说秦宫女"有不得见者三十六年"，正像书的命运。台岛诗人痖弦《寂寞》诗曰：

> 一队队的书籍们
> 从书斋里跳出来
> 抖一抖身上的灰尘
> 自己吟哦给自己听起来了

　　书无人读，这是今日繁华场中的一大寂寞。
　　书室门外还有一橱，也藏着书，命运比秦宫女更苦些，只能被视为楚逐臣，翻翻查查都轮不到，却又不想抛弃。内人卧室还有一架，是她的书，我用不上。我卧室大床上有书八堆，堆高尺五以上，估计册数不到两百，皆属宠姬，夜夜倚床读之。白日坐在书室写写小文，常常跑回卧室翻书查证。可见菁华不在书室之中，而在卧床之上。这些才是我的命根子啊，计有《十三经注疏》《史记》《资治通鉴》《太平御览》《太平广记》《说文解字集注》《说文解字段注》《历代史料笔记丛刊》《世界历史辞典》《古文观止》等等。谁来把这些书抄没去，等于打断我的双腿，让我坐以待毙。回溯大半生，幸好年轻时读了一些书，一九五七年罹祸后又读了一些书，赖此点滴积蓄，今日得以溷迹士类，讨碗饭吃。

书室十分寒伧，我却乐在其中，或读或写，终日恬然。窗外市声车声，鼓膜听起趼皮，也就听无声了。每日午饭后，躺在马架椅上，看《参考消息》，迷离蒙眬半醒半睡之际，世界烟云过眼，亦算秀才知了天下事。室内绝不装修，水泥地面，白灰刷墙，要让房屋也能呼吸，把它当作活物看待。我爱我的书室，唯此为我灵魂之所安也。

每逢周日，必有友人来，少则二三，多则五六，各据一席，喝茶谈天。主题不出阅读范围，皆能说长道短，互相笑傲戏谑。时有噪声，不免惊扰邻室，误以为书室内在吵架。浮生又得半日之忙，忙在嘴巴，而心态则大闲。此为我家书室一大乐事。寒暑无阻，风雨亦至，这种大乐事已延续七八年了，真不容易。

1999 年 12 月 23 日

为成都人叫魂

我本成都人，生在城内会府南街姓蔡的塑像店对门一座小院。刚刚周岁，军阀巷战，炮弹啸声越过屋上，轰然爆炸，地震尘飞，而门外喊杀之声可闻。母亲紧搂着我，躲在床上发抖。四岁那年，菜花黄时，传闻红军要打成都，所以随着父母迁往金堂县城老家。"小乱居城，大乱居乡。"当时人们都这样说。满十五岁不久，考入省立成都中学，校址在五世同堂街，于是返回成都上学。从此溷迹九里三分之城，学会问哪儿（音 ěr）答哪儿（音 ēr），竟至半个世纪以上。今年六十八岁，势将终老在斯城了。

五十年代中期，中国作家协会文学讲习所要留我，征求本人意见。当时若从文仕前途考虑，定该拊髀雀跃，欢忭莫名。但我说不，不愿做北京人，仍愿徇我灵魂之所安恬，做我的成都人。岂知这一决定导致终身坎壈，使我成为另一类人。就在回成都的车上，想必是鬼迷了心窍吧，我写了《草木篇》这贾祸的文字。回四川省文联不久，又伙同他人创办了《星星》诗刊。真是报应不爽，招来全国批判，说是"阶级仇恨""反革命的嚎叫"云云，终于打成极右派分子，臭不可闻，而且黑帽子一戴二十年（只差六个小时），弄得死去活来。试想当初留在北京，文学讲习所环境不险恶，前辈多，轮不到我当靶子，很可能就混成左派了。毕竟是成都，这环境害得我吃了大苦头，是不是呢？但是我爱成都初衷不改，心想这是命啊，就认了吧。这一点点愚爱，说不出道理来，无非"小人怀土"罢了。说什么大丈夫四海为家，我做不到。唐太宗咏旧宅诗句云："一朝从此去，四海遂为家。"说他当年告别王府以后，东砍西杀，夺得帝位，家了天下。这类伤天害理之事，唯大丈夫配做。我是小丈夫，只配爱成都。

在成都的九年右派分子生涯，我读了许多书。猛读不休，如夸父饮大泽，愈饮愈渴。这算是成都的哺乳吧。如果同大多数难友一样，送劳教，下矿井，上茶山，命都难保了，还读什么书。毕竟由于留在成都，才有可能读书求学。寒窗窃喜书灯正亮，奈何"文革"狂风乍起，秦火点燃，举国焚书，我也作为罪人押回老家去了。离别成都之痛，自比屈平去郢，依依难舍"州土平乐"以及"江介遗风"，觉得这回是永别，将来只有魂归了。

老家所在古镇，原为金堂县城，距离成都很近，车程一个小时，但在当时的我，心理距离很远。少小离去，中年归来，人多不识，传闻来了一名"皇犯"，教我如何认此地为故乡。是以羁系此地十三年，加上金堂县文化馆一年，前后十四年间多次梦见成都。深夜惊醒，遥听宝成路上列车鸣笛，便要想念昔年旧游之地，引起拔根出土之痛，悄然泪下。待到重回成都，再做我的成都人时，已入八十年代，都快五十岁了。回来蒿目一眺，大至大街广场，古迹名胜，庙宇寺殿，小至僻街窄巷，特别是省文联所在的布后街二号大院，莫不残破萧瑟，令我失望。朝思暮想的，竟然成这样。"所遇无故物，焉得不速老！"只是由于拥护改革热情太高，这种失望被掩盖了。

一转眼又送走两个十年，见识了许多粗鄙与丑陋，才察觉精神文化领域的残破萧瑟，刿目剜心，更加令我失望。半个世纪的左倾折腾，我们丢失了多少精神财富，无法统计。新成都很漂亮，新在"硬件"而已。今日的成都人迥异于昔年的成都人，"年年岁岁花相似，岁岁年年人不同"，这很自然。我不吁求开历史的倒车，不认为老成都样样都好。刿我目的剜我心的是风气污了，是心灵浑了，是行为滥了，是趣味浊了。回头遥看老成都，在这四个方面，也许糟粕已被岁月筛滤过了，我总觉得有不少美好的记忆，可供玩味，以助谈资。今日的成都人，固然应该面向未来，目极全球，脚履国中，指通网上。同时，也应该不时地回回头看一看老成都，知晓我们从何处来，那个来处有些什么必须继承，以充实我们的精神文化。这里推出的老成都系列一套六种，立意在斯，正中下怀，所以乐为之序。

　　忆我儿时善病，病重吃药，病轻叫魂。叫魂就是招魂，古代流行，屈平写过。其事有趣，不妨述之。叫魂仪式须在天色黄昏以后举行。届时，母亲牵我庭院角落蹲下，烧香插地，喃喃祷告之后，阴嗓小声唤道："九娃子咧，骡骡马马吓掉的魂回来没有？"我就低声答道："回来了。"又唤道："九娃子咧，过桥赶船吓掉的魂回来没有？"又答道："回来了。"再唤道："九娃子咧，放炮打雷吓掉的魂回来没有？"再答道："回来了。"这样络绎唤答，内容尚多。此时庭院寂静无哗，听那唤答之声，仿佛来自旷野，意境凄凉。这当然属迷信活动，甚不可取，仅具民俗学的研究价值而已。

　　准此，我今为成都人叫魂：

　　"成都人咧，麻辣烫鲜吃掉的魂回来没有？"

　　"成都人咧，买彩摇奖挤掉的魂回来没有？"

　　"成都人咧，麻将扑克赌掉的魂回来没有？"

　　"成都人咧，拉帮结派斗掉的魂回来没有？"

"成都人咧，提劲打靶吹掉的魂回来没有？"

"成都人咧，追星赶潮跑掉的魂回来没有？"

1999 年 12 月 3 日

王永梭片论

天才是一种病，用饥寒医，用棍子医，用帽子医，用惩役医，都是医不好的。王永梭就害了这种病，终其一生，光芒闪射，不肯黯然自熄。今去矣，弟子虽多，仅能望其背影，而终难以踵及。百年易过，去者不归。一叹。

这百年来，艺术天才，吾蜀有四。张大千的画，一也。谢无量的字，二也。天籁的唱腔，三也。四就要数王永梭的谐剧了。怪哉，安岳、乐至两个邻县，各占了一个像王永梭和谢无量这样的天才。更怪的是书法谐剧道术迥异，而谢王二位之艺术同样地以谐谑取胜。谢无量的字，人称孩儿体，以稚拙现谐谑，趋雅。王永梭的谐剧，用独脚暗示多脚的活动，以戏剧情节引起谐谑，通俗。雅俗不同，其为谐谑则一，这与蜀人爱说笑话大有关系。岂但人是文化环境的产物，天才也是。谢王二位为我蜀人样品，固不仅安岳、乐至二县之光也。

这王永梭，是何原因促成他去创造谐剧的呢？他在这本回忆录中未作交代。想系出于谦恭，他不愿说，我只好猜测了。看他家庭出身，既非贫寒，不必习艺糊口，读书成绩又好，可去大学深造，没有必要跑滩献艺。他之所以投身戏剧事业，必定是因为强烈的表演欲望烧灼五内，不能自安。对，这就是病。这种表演欲望的萌芽，必定又因为从小看川戏，看得多了就入迷，迷得深了就想演。是传统的戏剧文化日焙月烘，点燃了少年的天才之火。说具体些，一是川戏丑角的表演授他以谐谑之道，二是川戏场景的虚拟传他以暗示之功。所谓暗示，就是拟虚为实，无场之场，无景之景，无象之象，无声之声，以独脚的表演映照出多脚的活动来，正合传统艺术上的飞白原理，上溯老庄用无之说。习得谐谑道，悟得暗示功，再结合他本人从五四新文学受到的影响，以及抗日战争文化宣传的直接推动，谐剧于焉出世，以《卖膏药》试啼。这是一九四〇年元旦的事，距今六十年矣。

谐剧是王永梭创造的，确实如此。但是，任何创造都是继承，真正的创造就是最好的继承。死守传统，做个孝子，只有给老太爷送终的份儿，恰恰是最坏的继承。谐剧堪誉为真正的创造，不但从川戏中有所继承，而且上接战国时期优孟衣冠，可谓源远流长。古称优伶，伶指歌唱，优指扮演。蜀人至今还用这个优字，当动词用。甲摹仿乙的举止腔调，乙便说："你莫优我吧。"优孟在宴会上扮演已故的贤相孙叔敖，举止腔调，传神拟态，竟至逼真。在演出过程中，必得虚拟场景，虚拟配角，方能道白做戏。试想想，这不就是"前谐剧"吗！《旧约·传道书》说："已经有过的，还会再有。太阳下面绝无新事。"这是明智之言。顺便说说方言诗朗诵吧，确实这也是王永梭创造的，功不可没。难道也有过"前方言朗诵诗"吗？我看也有过，汉代王褒的《僮约》便是。补足这些考证线索，以见天才亦须述祖，方能闪射出可信的光芒。王永梭生前谦恭能下人，九泉知悉这些线索之后，当会等我快些去摆龙门阵呢。

王永梭首次演《卖膏药》时，我才读小学二年级，啥都不懂。待到观看《赶汽车》时，已是一九五三年在成都市布后街二号省文联礼堂上，我二十二岁。当时凭着艺术感觉，一下就入迷了，对这个王永梭大表佩服。这和省文联创联部领导人李累也有关系，他爱才，常常鼓吹王永梭，引起我的好奇心。看了《赶汽车》，印证李累的话，觉得半点不虚，似具慧眼。"一粒沙看世界，一朵花看天堂"。"其称文小，而其指极大"。东西方的以上两说，可概括所有的优秀艺术作品，包括王永梭的谐剧《赶汽车》在内。岂止于拥挤的车厢吗，那是一个大混乱的世界，闹一连串笑话，笑出一滴凄凉的泪水来。这个戏多简洁，手法又多经济，一人上场来，满台都是戏。这王永梭，亏他想得出来，戏可以这样演，这不是天才吗！接着看换一身农民装的王永梭又出台来，演新编的《在火车上》。说笑人吗，也还笑人，但是没有戏啊，只有宣传。这本回忆录中，提到一九四四年《新蜀报》登演出广告，誉他为"文化宣传巨匠"。想来在当年抗日战争中，出于爱国心，他一定编演了不少的宣传品，报纸广告才会这样称誉他。他做得对，应该宣传。他可能意识到自身属于五四新文化的支流，肩负着启蒙的宣传任务，乐而为之。到了五十年代，仍滞留在"文化宣传"，恐怕就不行了。何况他心头明明白白的，"谐剧形式新颖，内容针砭时弊"，其生命力正在针砭二字，否则何来谐剧。至于还说什么改讽刺为抒情，想系一时委随时俗之谈，当不得真，勿庸议了。

一九五七年端午节，在杜甫草堂，成都诗人聚会，始有幸与王永梭晤谈，算有交了。随后反右派暴风雨骤至，彼此罹祸，再无往来。大约二十四年之后，他移家东郊，曾招我去过。仅只一次，后来如鱼之相忘于江湖，再无缘晤谈矣，伤哉。最后一次看见他，是在贺星寒灵堂上。当时他低头人，灵前诵完悼词，行礼而出，不招呼任何人，谨遵古人吊丧之礼，深得我心。读了这本回忆录，方知他旧体诗做得好，对偶句子驾轻就熟。由此可窥其人文化涵养甚厚，成功非偶然也。

1999 年 12 月 30 日

晚窗分得读书灯

昨日清明，大慈寺中茶聚，座设东廊。微雨而寒，友聚不多，顿生寥落之感。谈到诗，忽想起宋人的一首七言绝句来。诗曰：

> 无花无酒过清明，
> 兴味萧然似野僧。
> 昨日邻家乞新火，
> 晓窗分得读书灯。

《千家诗》上面的，少时一读成诵，至今背得。作者是谁，倒忘记了。想起这首诗来，实与眼前景物无关。清明赏花，好些年都未去过了。不看花也活得上好，何遗憾之有哉。酒，素来不沾一滴，何用叹无。友聚不多，感到寥落，亦不足减我清谈的兴味。至于乞火读书，更与现代城市生活相去十万八千里。夜晚要看电视，没有兴趣读书。这首诗从脑内跳出来，只因为写照了古代的一个读书人，他曾经在清明节那天陪伴过我，安慰过我。

那是六十年代"文革"前的事了。当时我以戴罪之身，在成都北郊凤凰山麓劳动改造，生活艰苦。此处有小农场，省文联的，田畴数亩，房屋一座，人员二三。我在农场种棉花，种油菜，喂猪，煮饭，皆甚努力，不敢稍有公私过犯。夜晚灯下攻读古籍，兴味益然。场长偶尔劝导我莫再读书，但是并不禁止。有一日，他来说："流沙河，你要争取摘帽，不要再读这些古书了。摘了帽，安个家，才是办法。这农场哪能是久留之地啊！"随即抱来厚厚一叠《红旗》，这是当时中央办的政治思想月刊，放在桌上，叫我学习这个。还说要帮助我早日摘帽，使我深受感动。此后多日，有空就学《红旗》，一本接一本，枯涩如嚼纸，都忍了。只是天一黑，心就慌，挂牵着已读大半部的《说文解字段注》，总想读完。终有一夜，抛开《红旗》，溜回许段二君那里，继续钻研汉字的形音义，兴味依旧益然不减。乡间夜静，灯下攻读，四野空寂，特别专心。加之白日劳体，大脑休闲，夜来使用，非常活跃，十分敏悟。往往多有独见心得，不免沾沾自喜，差点要说自己是天才了。

当时我三十三岁，右派帽子已戴八年。这年清明那天，我在日记本上，除记白日劳务，还记夜读书籍。有趣的是，我把这首写清明的宋诗也录入当天的日记了。尤可异者，第二年的清明又录入这首诗。那天我是怎样想的，已难查明。用现在的想法去逆推，那是"今拟"，难免失真。回头再读此诗，或能探索出一些意识活动的踪迹来吧。

好诗能让我们不知不觉进入其中，仿佛这是我们自己做的。反之，坏诗让我们只看见作者在那里宣传，或根本不宣传，只表一些难懂的情。这首宋诗如此清澈明晓，不但不必，也无法翻译成语体新诗。在茶座上，我才念出来，友人就懂了。诗以"无花无酒"映出冷淡生活，虽无戴帽劳改内容，亦能在形式上与我当时艰苦日月相通，故能进入其中。若作"贪花醉酒"，我便进不去了。"兴味萧然"在我那是当然。"野僧"我也像，无家无友，孤人一个。任他世人赏花饮酒，诗人独自点灯读书，不随流俗。这一丝抗世情，固小小不足道，却切合我心态，所以完全进入。何况文词有简洁之美，韵律有铿锵之美，可读可听，尤可自家娱悦。这不就是那个诗人在陪伴我吗，在安慰我吗？有古人甚多，他们夜夜灯下伴我慰我，谁能孤立我？我何必去怨怼沉江，吾友岂少也哉。书生不死，其故在此。

茶座上说完这一段往事，友人表示理解。回到家中，戏改此诗："无家无友过清明，心态惶然似罪僧。白日红旗瞒场长，晚窗偷得读书灯。"忍不住独自笑，觉得好玩。没法，我油惯了，写不出好诗来，十年前就已经改行写文了。

翻书才知，此诗尾句有作"晚窗分得读书灯"的。晚窗才通，晓窗不通。作者王禹偁，已故九百九十九年了，似乎还在。

2000 年 4 月 5 日

退休赋

专业作家之衣冠，悄悄蝉蜕。

传统文人之身份，迟迟雁归。

改腔变貌，喜复旧我。

脱胎换骨，乐做新人。

不开会，不上班，远离文坛，不争长短。

只读书，只写字，近到菜市，只买东西。

嗟吾辈之苟活，蚁走蜂忙，天天疲于奔命。

看彼等之雄起，狼吞虎咬，处处敢于发财。

更有老子整人，儿子整钱，一家实行两制。

岂无小贼剪包，大贼剪径，百姓吓掉三魂。

方信天道好还，高调哪能久唱。

始知人性原恶，魔盒未可轻开。

比着理想，返观现实，往往长叹枕上。

对着现实，回读历史，常常微笑灯前。

且当半聋，风声雨声打架声，不可能声声入耳。

既然全退，世事国事功名事，又何必事事关心。

感人生之短暂，万事云烟散矣。

知宇宙之浩渺，一己得失忘之。

2000 年春

苏凤与醒狮

问我爱国心怎样来的吗？想起读小学，老师说："当了亡国奴，见到日本兵，都要行九十度鞠躬礼。日本兵要上马，我们就要跪地趴下，给他垫脚！"还想起唱过的抗日歌曲以及日本飞机大轰炸。还想起上海司机胡阿毛，他把一车日本兵开下黄浦江，国语课本上有他的故事。现今上海的小学生，还有听说过胡阿毛的吗？

说起这胡阿毛，又想起七十年代"文革"后期，我以右派戴罪之身，在故乡木器社为四川钢锉厂做包装箱，一边乒乒乓乓钉钉子，一边给小儿子讲胡阿毛悲壮的故事。正讲着呢，钢锉厂张老头来验收包装箱，从旁听见，先是惊异，后是感动。从不同我交谈的张老头说："那天我跑到现场去看了，江边栏杆都被胡阿毛的汽车撞垮了。满车日军死光，胡阿毛也同归于尽。当时我还是中学生，恨日本兵。唉，四十年啦。"说到这里戛然刹车，不敢再说。张老头名国靖，上海人，原系小业主，"文革"初期随该厂从上海迁来。因有文化知识，洞悉我的戴罪之身，不便深谈，以免罹祸。一个司机爱国，壮烈牺牲，能在四十年后，把两个不相干的人联络起来，使他两人之间有了三分钟的共同回忆，这就是爱国心在呼唤。

抗日战争胜利后，我读初中二年级，见报上说："睡狮醒了，我国晋升世界五强！"于是爱国心更炽烈，仿佛我身上的狮子细胞也鼓胀起来了。不久，沈阳发生了张莘夫事件（张工程师阻挡前苏联红军拆走本厂机器被杀），全国一些城市有学生游行抗议。故乡也有同学上街游行，我没有去。我不去是因为我不信任国民政府的宣传。当时小小头脑认为，前苏联乃是圣地，不能反苏。此外，我还认为，国民党是黑暗独裁的破船，共产党是光明自由的仙槎，区别这两党之不同，比爱国或不爱国更重要。所以，虽然那是爱国游行，我也不去。现在回顾往事，不论那时认识是否正确，很可能在某个方面看走眼了，但是在我幼稚的抉择中隐隐然孕育着一条原则，那就是，判断真理与谬误，区别光明与黑暗，比爱国更重要。

"睡狮醒了"这种说法，血气方刚之时，听了大受鼓舞。必待忧患备尝以后，方肯冷静想想。一想就犹豫了，再想疑窦生焉。这话究竟谁说的呀，"中国睡狮一旦醒来，世界都要吓得发抖"？或谓德皇威廉说的，或谓法皇拿破仑说的，我不想去查明。反正那是欧洲大陆一个崇尚武力的皇帝说的，绝不是中国人自己说的。四十年代中国曾有个青年党，被募为国民党的花瓶，其前身醒狮派，名称亦舶来品。那个欧陆尚武皇帝，一脑袋的天才战略思想，所思无非霸业，所想不过杀戮。他要噬肉吮血，便猜度遥远的神州有一头嗜杀的狮子，以此激励本国臣民奋起，这干我们何事！我们世代蕃息之地，远东两河流域，连狮子的化石都从未挖到过，又何来睡狮耶？狮子这两个字是外文的译音，即今之斯里兰卡的斯里二字，宋代译作狻猊，《水浒》英雄有个"火眼狻猊"是也。我中华的孔孟老庄文化摇篮不出狮子，却出狮子狗，就是哈巴狗，这是我们的不幸。

但是，追溯得更早些，早到神话阶段，便知我们出过玄鸟。"天命玄鸟，降而生商，宅殷土茫茫"。玄鸟者，羽翼炫目之神鸟，凤凰也。凤凰是中国人的祖先，生育了商民族，在华北平原上，跨入了有史的文明社会。龙非祖先。龙，只不过是我们祖先饲养的鳄，所以《周官》有豢龙氏，《庄子》有人学屠龙术。老聃只是"犹龙"，像龙而已，并非龙所生也。龙自有其九子，没有一个是我们的祖先。刘邦之母因龙受孕，是他神化自己，我们百姓何必也去乱认父亲。龙有凶恶之象，所以欧陆有圣乔治斩龙的神话。唯凤以其文采斑斓，显示中华灿烂文明，猗欤休哉，光辉万代。

凤为仁鸟，非楝实不食，非醴泉不饮，非梧桐不栖，当然更不噬肉吮血，比类于狮于虎于狼，于鸥于枭于隼，于鳄于鲨于鳖，更不必提蝎子蜈蚣之流的昆虫了。

凤为智鸟，所以凤子凤孙，商民族的殷人，发明了甲骨文，这最早的汉字，使我悠久文化得以记载下来，汇入世界文化洪流，贡献给全人类。

凤为勇鸟，不是勇于打架，而是勇于更新自己，五百年一火浴，日日新，又日新。

说起商民族的殷人，不免想起孔子。他就是一只凤，所以楚国狂人唱凤歌呼叫他。他是我国最早的教育家。此外，还想起一只凤，宋国人的庄子（宋为商之后裔）。是他教我们把握另一套思考方式，以补救孔孟学说之不足。

说起殷商，还想起一九八八年汉城奥运会。开幕式上，目睹屏幕上韩国四百男女领先出场来。他们和她们，一个个白衣白裤，踏着健步，使我吃惊离座，为之闭息。天啦，难怪史载"箕子封于朝鲜"以及"殷人尚白"！这些运动员继承了三千年前的服色，以示不忘祖先，这就是爱国啊。我的泪水盈睫而下，坚信祖先灵魂不朽。

算来从明代初叶宣布海禁起，闭关锁国，故步自封，凤凰一睡又是五百年了。苏醒吧，又该火浴了。愿我同胞都做苏凤，勿做醒狮。我们不是食肉猛兽，而是文鸟。

2000 年春

附记：

是年属龙，报刊多见以龙为华夏先民崇拜物之文章，窃有疑焉，乃作此文。不敢反驳，触怒群龙决无好下场也。略陈浅见，供他年热潮后反省之参考吧。

《龙门阵》的四个坚持

　　《龙门阵》二十岁了。作为忠实读者，往事历历在目，二十年如一瞬，感慨不已。没有任何一家刊物，能系我心如此之久！

　　我不能说《龙门阵》有多么了不起，也不想拉它去媲美于甘肃的《读者》或广东的《随笔》。它们不同类，不可比。便是上海的《故事会》，虽似同类，但有土壤之异，亦不可比。我想，《龙门阵》能系我心二十年之久，其魅力从何而来耶？曰，从四个坚持来。

　　一是它坚持了口头叙事的文体。这种文体迥异于书面公文体、新闻报道体、小说描写体、散文抒情体、翻译洋腔体、简奥古董体，生动传神，明白如话，具亲和力，源于《庄子》《史记》，流经《水浒》《红楼》，汇入现代散文，千秋不涸，万古常新。

　　二是它坚持了民间文学的风格。这种风格往往为庙堂士大夫、骚人墨客、博士硕士、一级二级作家所忽视，被弃置于文学史的角落，命若游丝，一线传承，而为平民百姓乃至"引车卖浆者流"所喜闻乐见，正是土得可爱俗得美，具顽健的生命力。

三是它坚持了野史稗官的传统。这种传统可补正史之缺遗，可纠官史之偏颇，别具眼光，另取视角，虽不一定能使糊涂的历史清楚起来，但是一定能使枯燥的历史生动起来。

　　四是它坚持了纪实求真的特色。这种特色使它有别于虚构的小说作品，却又不同于新闻性的记事文章，既葆有浓厚的现实生活味道，又不至混同于抢时间的报刊特写，从而找到它自己的独特位置，发挥其所长。

　　当兹社会文化转轨之际，我的以上观念可能太保守了。果如此，不妨芹献视之可也。求变，出新，作为读者，乐观其成。但愿《龙门阵》诸君子稳中求变，旧里出新，从老底子上翻出生面目来。

2000 年秋

凤凰城沈从文故居

时来运转转回轮，
苗土边城大振声。
旅客哪知熊总理，
游人都说沈从文。
旧津冷月思翠翠，
孤墓寒风卧芸芸。
城上似闻军号响，
招魂难返少年兵。

公元二千年冬，有幸游湘西苗族土家族自治州，追随诸君子瞻谒小说家沈从文故居于凤凰县城。故居不远，有民国初年当过国务总理的大官熊希龄之故宅，参观者寥寥，人多不知也。

沈从文故居，虽窄陋，但人多。见解说员正在向一群青少年讲这位杰出的小说家为什么没有得诺贝尔文学奖。沈从文少时曾当兵，任

文职，驻防湘西境内，多所见闻，日后成为小说素材。翠翠是他代表
作《边城》之女主角名。芸芸乃作者少时用过的笔名休芸芸之简称。
凤凰城内的老街巷，城外的旧津渡，尚有遗踪可寻，令人低回流连，
想象那可爱的少年兵。

2000 年冬在猛洞河舟中

编后记

　　自来就有两类作家。一类爱书嗜读，胸中有丘壑，笔下生云烟。其文章熔知识与情趣为一炉，具文化含金量和底蕴。此类书斋陋室文人，身外无长物。一扇窗，一盏灯，几卷残书，于主流社会及高台文坛，似有落伍老朽之嫌。另一类作家，不喜读书，多靠神思灵感作文。其业绩雄踞报刊出版物，亦有可观者，但多为滥情宣理、空洞乏味的泡沫读物。前一类作家写议论文、杂文、小品居多，多在坛下。后一类作家写小说、诗歌、散文，而得奖者居多。其间不乏官商两通，非常走红者，属坛上的俊杰时彦之流。看来，读书作文当作家，不算真本事，要不读书而大作文且当著名作家者，才算真本事。世风浮华，瓦釜雷鸣，如此而已。还是各行其是吧。

　　我家先生流沙河做人老派，保守谨严。读书作文，孜孜矻矻多年匪懈，不敢稍有半点轻漫之狂态。他认为，即使是一篇随笔小品，也应稍有学问作根柢，给读者以知识。凡属自我感觉良好、似是而非的架空之论和无节制的自我张扬，都为他所不取。在这本《不亦乐乎二十四》书中，一篇五六百字短文，从内容立意到文字草成，其间修改润色至定稿，往往耗费两三天时间。若遇疑难处自己弄不清，例如引文、用字、年月正误之辨，他总要查资料找证据，斟酌核实后方可交稿付邮。本书中几组知识性短文《庄子发挥二十三题》等，都经反复爬梳，翻遍书卷而成。旁观他作文的艰难，始知什么文思泉涌啦倚马可待啦洪才河泻啦，实为夸诞之辞。文人中如真有，不是天才，就是蠢才。假文豪的发水豆芽文，也可称为洋洋洒洒下笔千言的。某次，有人向流沙河求作序文，恭维道："您老大笔一挥而就，有何难呢！"他听后大不悦，当即拒绝。事后他说："凡持此论者，多为浅妄之人，序言不可作。"

被人拉差作序，原是文人很难避免之事。近年来请他作序的熟人生人各色人等不少，皆有所持而来。有持官阶头衔的，有持人民币的，有持旧谊的，有持新交的。有婉转含蓄软逼的，有直截了当上门要求为其扬名包装的，还有不容分说把砖头厚的手稿直接寄来的。总之，形形色色五花八门的方式。在这个人心鼓噪、欲望高涨、崇尚虚荣的时代，哪能要求人人都免俗呢？据我从旁观之，他虽碍于情面不好硬推，奈何骨瘦如柴，体质甚弱，加之老眼昏花，乃无论如何也应付不过来的，只好令登门客失望了。不过，对于自己喜爱而又有分量的作品，他却很愿尽"牛马走"之绵力。重文质兼重友情，倒也符合率性而为的文人习气。

往年家门上一副他自撰春联"堆书随我读，演戏笑人忙"，或许能道出一些读书自得的心情。他不喜酬酢，不擅人际间圆融通变，惟耽于书卷笔墨而已。所以自立规矩：避开会，避宴乐，避新潮时尚。家中天地小，却安恬而自在。桌上椅上架上，堆书积刊，随读随取。卧室半边床上，排叠两百多册最为常用的经籍、史志、历代笔记、工具类书等等，他谑称为"宠姬"。晚上拥被神游书卷，白日临窗雕琢字文，卖获几个小钱，颇有惊喜自得之感。收发室大爷送来七八张三十五十不等的稿酬汇款单，恭喜说："散碎银子不少哩。"他笑答道："这就像守厕所得来的小钞一大堆。"尽历风波之后，笑看人生如戏、世事如弈。不羡他人官场分肥、商场得利，不与文奴文佣把臂入林。知识文化人心中系念、理想与自由境界，离现实遥远，只存在于书本中。"世事粗谐身已老，古音方奏客难听。"（顾炎武句）最喜周日寒舍内、周二茶馆中，聚几个有聊文友，神吹海聊，说长道短，怀旧感今，言世相风情，话民瘼国运。除升官发财不谈，其余皆可谈。尔后，他集谈资成文，或知识小品，或杂文论说，或赋体联语，陆续刊发于上海、天津、成都、重庆等地报刊。今由他交给我辑为一书，奉献于读者诸君案前。共计短文五十余篇，大体排列按编年先后次序。偶有例外，无非同类不妨排在一起而已，并无深意。

吴茂华
2001 年 1 月下旬